SHODENSHA
SHINSHO

大伴《おおとも》旅人《たびと》——人と作品

中西 進／編

祥伝社新書

本書は、一九九八年刊行の『大伴旅人　人と作品』（株式会社おうふう）に、「新書版に寄せて」を加えて再刊行するものです。編者あるいは執筆者の了解のもと、読みやすさを考慮して文字遣い等を一部改め、ふりがなや句読点を加除しています。なお、（　）は刊行当時のまま、〔　〕は今回の編集部が入れました。

新書版に寄せて

『万葉集《まんようしゅう》』は膨大な歌集であるだけに、有名な歌人も少なくない。とくに柿本人麻呂《かきのもとのひとまろ》や大伴家持《おおとものやかもち》などが、よく知られている。

しかし、いまここに取り上げる歌人、大伴旅人を忘れることはできない。私事で恐縮だが、万葉歌人の中で好きな男性歌人を挙《あ》げよと言われれば、わたしは躊躇《ためら》いなく、大伴旅人を挙げたい。

彼は、それほど人間的魅力にみちているのである。じつはわたしが座右の銘《めい》とする「雁木《がんぼく》の間に出入す」ということばは、『万葉集』巻五に、大伴旅人が残したことばである。

要するに彼は、人間、役に立つか立たないかなどと考えながら生きるのは止めて、それを超越して生きることを、モットーとしたらしい。一々《いちいち》そんなことに心を苦しめるより悠然と生きるほうがよい、というのだ。その結果に必ずすばらしい生涯が残されるという信念が、人間をどれほど賢《かしこ》くするだろう。人間が泥まみれになって生きる醜《みにく》さが、どれほどか救われるだろう。

この一冊は、そのような旅人の人間像と作品のすべてを、読者に紹介しようとするものである。彼の生涯を素描することと、作歌のすべてを挙げて主要なものに鑑賞をほどこしたから、読者は必ずや彼が好きになり、わたしがすばらしいと思う彼の生き方を理解してくれると期待している。

ちなみに新しい元号は、彼が主催した梅見《うめみ》の宴《うたげ》における和歌群につけた序文の一節から採用された。言わば、新しい元号の生みの親が大伴旅人である。令和とともに蘇《よみがえ》った歌人とも言える。いま記念すべき歌人の人と作品を、十分に味わってほしい。

令和元年夏

中西進《なかにしすすむ》

はじめに

大伴宿禰旅人《おおとものすくねたびと》（六六五—七三一）は名門大伴氏の嫡子《ちゃくし》として生まれながら、さまざまな政治抗争の中で必ずしも平穏とはいいがたい一生を送った。父は安麻呂《やすまろ》。壬申《じんしん》の乱の時に大海人《おおあま》皇子に味方し、五分の勝負を勝ちとって天武《てんむ》王権を樹立にみちびいた功労者である。それなりに旅人にも後継者としての期待がかけられたが、天武朝ののち、旅人が活躍する奈良時代へと歴史が移ってゆく中で、政治体制は大きな変貌をとげる。すなわち律令《りつりようせい》制国家への移行である。

そもそも「大伴」とは天皇家に従ってこれを守《も》り立てる役割を意味する。大伴氏はいつのころか「久米部《くめべ》」と称する武力集団と結託して兵力を培《つちか》い、天皇側近の地位を確保してきた。ところが兵力もまた律令制の中に組み入れられ、衛府《えふ》が管理するようになると、それは大伴氏自身の解体を意味する。

大伴氏は従来どおりの伝統を保ちはしたものの、体制の変化を避けて通るわけにはいかない。旅人とは、まさにこの渦中にあった人で、この大きな変動を一生うけつづける。

そのありさまは、出仕の最初から「内舎人《うどねり》」であった、子の大伴家持とはちがった、端《は》境期《ざかい》を生きる苦悩であった。こうした生涯をもった旅人が、和歌を作るとなると、どうなるのだろう。さぞかし落着の悪い、嘆《なげ》きの歌が多いと思われる。

ところがまったくちがう。

さすがに旅人の心の原点は「故郷」——明日香《あすか》にあって、死が近づくと幻想はしきりに「故郷」へと及ぶが、しかし大半の歌は、新しい時代の教養にみちた、都会人としての歌である。武人らしさもない。守旧派の泥くささもない。歌というものがもつ、詩心の現実へのスタンスを見事に現わすものが旅人の作品だといってよいだろう。

そのことを考える楽しみが、まずは旅人の歌にある。歌数が七二首というのも家持、柿本人麻呂、坂上郎女《さかのうえのいらつめ》、山上憶良《やまのうえのおくら》につぐ多さである。武門の人として戦野に野営を重ねた経験すらもつ旅人だのに、歌人としても一流なのである。唐突な話題を許してもらえば、日露戦争における乃木希典《のぎまれすけ》を、わたしは思い出す。将軍乃木が漢詩人でもあったということを。

また旅人の歌は平明である。力みかえった点などまったくなく、妙に理屈をこねもしない。そのことは、旅人の歌の表記が、ごく簡単な仮名によっていることと、無関係ではないだろう。今日、われわれは仮名として決まった文字を「あ」「い」「う」のように使う。それと同じで「あ」なら「安」、「い」なら「伊」と決まっていると便利である。これを常用仮名とよべば、常用仮名の最初の使用者は旅人といえる。

このこともふくめて、旅人の詩心がどこにあり、彼が何を文学遺産として残したかは、きわめて興味ぶかい。

この書物はそれらを読者に訴えようとして編集された。おおむね生涯がわからない万葉歌人の中で、旅人は比較的に生涯がわかる歌人である。「人と作品」というこのシリーズでは、生涯と歌を結びつけるものだから、旅人のばあいは、作業がやさしい。それなりに生涯の歌のあり方も理解しやすいだろう。

読者がこうした意図を了解してくれて、あらためて旅人像の理解や歌の評価に向かってくださると、われわれは嬉しい。

一九九八年夏

中西 進

目次

本文デザイン　盛川和洋
年譜ＤＴＰ　篠　宏行

第一章　家系と出生

はじめに

あらかじめ与えられた題名は「家系と出生」であるが、いわゆる大伴氏の成立以来の歴史をのべるとなると、規定の枚数の大半が尽きてしまうであろうし、ここでは、「出生」という点に関していくらかでも新しい要素を盛りこみたいので、「家系」についてはごく簡単に記すにとどめておきたい。「早く六世紀以前に、世襲王権を確立した大王家《おおきみ》（後の天皇家）に服属して、物部氏《もののべ》とともに、とくにその軍事的伴造《とものみやつこ》を領掌し、その氏の名称の大伴が示すごとく、巨大な勢力の形成へと向かったようである。」と北山茂夫氏《きたやましげお》がまとめている。(1)これが大伴氏という氏族の概観である。以前私は、神代紀《じんだいき》以来壬申の乱に至るまでの、『日本書紀《にほんしょき》』に登場する大伴氏一族の行動を克明に調べた結果、小手子《こてこ》というたった一人の女性を除けば、大伴氏の一族は一度も天皇家に逆らっていないという結論を導き出した。状況判断が巧妙で、政治的には日和見《ひよりみ》主義的であったと言える。この見解は、のちに溝口睦子氏《みぞぐちむつこ》の『古代氏族の系譜』（昭62、吉川弘文館）「大伴氏の歴史」中の記述と照合しても、さして的外《まとはず》れではなかった。要するに、そうした氏族の末裔《まつえい》として七世紀半ば過ぎに生まれたのが旅人であった。

当時の婚姻形態

万葉《まんよう》時代の婚姻は妻問婚《つまどいこん》が普通であったと従来一般には説かれてきた。

大化の改新の「男女の法」において、「子は父に配《つ》く」ことが規制されたけれども、万葉時代の婚姻形態は、依然夫婦の別居――妻問婚が普通であった。女性の持つ労働力がこの形態を維持する根源であったと思われるが、お互いに名前を伝えあい、婚主の承認が得られれば、二人の間に公然と結婚生活が始まったことになる。だいたい、夫の家の母の座が空《あ》くまで、夫は、夕刻妻の家に訪れ、朝早く我が家に帰るならいであった。よって、夫婦別居の社会では、結婚によって恋は完了しない。(伊藤博《いとうはく》『万葉集相聞の世界』昭34、塙書房)

こうであったからこそ、『万葉集』には恋の歌が多いのだという文脈に続いてゆくのだが、私としては、こういった説明の仕方ではどうにも納得できない思いがしていた。そもそも、そのような疑問を抱きはじめたのは、大伴旅人の婚姻生活の実態に触れたからであった。佐保《さほ》の本邸の庭園は夫婦が協力して造園したものだと、旅人自身が歌(巻三、四五二・四五三)に詠《よ》んでいることからも考えられるように、彼らは今日のわれわれと同様に夫婦同居していた模様である。その上、夫が大宰帥《だざいのそち》に任ぜられた際にも単身赴任ではなく、夫婦仲睦《むつ》まじく赴くといった間柄であった。これが従来説かれてきたとおりの妻問婚であったならば、さきの旅人の歌は万葉集に残らなかったはずである。もっとも、旅人がさきの歌を詠んだのは最晩年のことであるし、大宰府で死んだ大伴郎女《いらつめ》は旅人の最初の妻ではないという事情もあるから、こうした件の例証をするには適当ではないという反論も予測した上のことである。

また、当時の官人《かんじん》たちは律令体制によって厳しく管理されていたので、身分の上下にかかわらず、それぞれの職務に励《はげ》むことに相当なエネルギーを費《つい》やしていたものと思われる。最近の研究(2)によると、彼らはかなり勤勉に職務を果たしていたようであり、それには彼らなりの一応安定した家庭があったと考えたい。彼らが特定の住居に妻と同居することなく、宵々《よいよい》ごとに女の家に通わなければならないとするならば、その心理的・肉体的な負担は重すぎるし、そうした生活が常住のことであればなおさら、官人としての業務そのものが疎《おろそ》かになってしまうのではないか。

もうひとつ私の念頭にあったのは、正倉院《しょうそういん》に僅《わず》かに残されている当時の戸籍の記載例である。それらを見ると、それぞれの家族は、親子兄弟すべてにわたって氏名と年齢が記され、時には祖父母、奴婢《ぬひ》に至るまで掲げてある。当時の国家が国民全体を隈《くま》なく調査してこのような戸籍を編纂させたのは、恒常的に動員しうる労働力を把握《はあく》しておきたかったからであろう。こうした戸籍を初めて見て感じたことは、両親がいて子供がいる独立した家族というものが、当時にもやはり存在していたではないかという素朴な驚きであった。つまり、いわゆる妻問婚を表にすえた見方からは考えられないような、ごく平凡な家族の形態がそこには記載されていたのである。

ところがその後、こうした当時の戸籍の記載が家族の実態を示したものか、あるいは、戸籍自体は擬制のもので、家族の実態そのものはもっと小家族に分割されるのではないか、といった根本的な議論が長年にわたって繰《く》り返されているという学界の状況(3)を知るに至り、戸籍の記載面と家族の実態とをそれほど安易に結びつけてはいけないのだと認識した。

それにしても、当時戸籍が存在したのは厳然たる事実であり、かりに家族の形態がもっと小規模なものであったとしても、ともかく、両親がいて子供がいるという家族が一定の場所に生活していたからこそ、そのような戸籍が残されたのではなかろうか。官人たち以上に律令体制によって締めつけられていた一般農民が、従来説かれてきたような妻問婚を続けていたとするならば、彼らの生活は常に焦燥感に駆《か》られていて、ひいては生産活動への意欲も減退し、律令体制にとって最も必要であった労働力の再生産さえままならなくなってしまったはずである。だから、さまざまな矛盾《むじゅん》を抱えていたにせよ、あれだけの文化を創造することのできた奈良時代の社会の根底を支えていたのは、曲《ま》がりなりにも、一応は安定した家族という形態を備えた個々の人間集団であったと推測されるのである。

このような思考を続けていた段階で、幸いにも関口裕子《せきぐちひろこ》氏の「古代家族と婚姻形態」という論文(4)に出会った。氏は、主に『日本霊異記《にほんりょういき》』を史料として八、九世紀における婚姻形態を分析し、次のように結論づけている。

八～一一世紀中葉の婚姻居住規制は、そのすべての場合に通いを経《へ》る場合を伴《ともな》いながら、特定条件下での夫方居住の現出を別にすれば妻方居住↓新処居住が一般的で、初発からの新処居住が併存した。

この結論を私なりに言い直すならば、当時の婚姻のそもそもの始まりは妻問婚でありながら、男が女の家に同居するという期間があって、その後改めて独立した家に夫婦が移るという形が一般的であったが、事情が許せば、合意の男女は最初からともに親の家を離れて新しい家を持つこともあったということであろう。また、右の結論の中での「特定条件下での夫方居住」という現象は、「豪族・郡司《ぐんじ》層に集中して存在」し、なおかつ「男に比べて女の身分が低い」場合に生ずるとされている。ともかく、氏の論文に接することによって、私の長年の迷いがいくらかは晴れたようである。つまり、当時の男女も、最初は妻問という不安定な婚姻形態を経過したにしても、結局はわれわれと同じ夫婦ないしは家族という単位での生活を営《いとな》んでいたのだということが、ある程度納得出来るようになったのである。

大伴安麻呂と巨勢郎女との婚姻形態

万葉集巻二相聞、近江《おうみ》朝の部の末尾に、つぎの贈答歌《ぞうとうか》が収められている。

大伴宿祢娉二巨勢郎女一時歌一首

玉葛《たまかづらみ》実ならぬ樹《き》にはちはやぶる神そ着《つ》くと云ふならぬ樹ごとに　（巻二、一〇一）

巨勢郎女報贈歌一首

玉葛花のみ咲きてならずあるは誰《た》が恋にあらめ吾《あれ》恋ひ念《も》ふを　（巻二、一〇二）

「やや脅迫的な男の歌に対して女はやさしく受けこたえをしている。」と、かつて私は要約した。それぞれの題詞《だいし》の下に次のような古注《こちゆう》があるので、男は大伴安麻呂で女は巨勢人《こせのひと》（比等、比登、毘登とも）の娘であることが判明する。

大伴宿祢諱曰二安麻呂一也難波朝右大臣大紫大伴長徳卿之第六子平城朝任二大納言兼大将軍一薨也

即近江朝大納言巨勢人卿之女也

古注にもはっきりと記されているように、安麻呂は近江朝で活躍した官人ではなく、それ以後の時代、少なくとも壬申の乱以降に頭角を現わした人物であり、巨勢郎女《いらつめ》も、父親が「近江朝大納言《だいなごん》」であるというだけのことで、彼女が成人としての生活を送ったのは、やはり壬申の乱以後の時代であったに違いない。そうした二人の相聞歌《そうもんか》が巻二のこの位置に収められているというのは、この二首が彼らの青春時代の歌であると編者が判断したからであろう。言いかえるならば、この相聞歌の存在自体が彼らの結婚の証《あか》しとなっていると見てよいのだろう。

『続日本紀《しよくにほんぎ》』や『万葉集』の左注・古注を参考にすると、安麻呂には旅人・田主《たぬし》・宿奈麻《すくなま》呂《ろ》・坂上郎女・稲公《いなきみ》の五人の子女がいた。このうち母親が判明するのは、田主（母は巨勢朝臣《あそん》）、坂上郎女（母は石川内命婦《いしかわのうちみようぶ》）の二人だけである。石川内命婦についてはかなり詳しい知識が『万葉集』から得られる。この女性が旅人の母親でないという保証はないが、旅人の死後もまだ元気に活躍しているところをみると、旅人と同年か、それより若かったであろうと思われるので、やはり旅人の母親ではなかろう。

さきの相聞歌が近江朝の作品であることから考えて、安麻呂の最初の妻が巨勢郎女であったと考えるのが順当である。郎女は、壬申の乱の時近江方について配流《はいる》された大納言巨勢比《ひ》等《と》〔人〕の娘である。かつて武田祐吉《たけだゆうきち》氏が旅人は田人であろうと推定され、それを一つの理由として、旅人の母親は田主と同母、つまり巨勢郎女であろうとした。その推定に従って、私も旅人の母親は巨勢郎女であると考えたい。

巨勢氏については、直木孝次郎《なおきこうじろう》氏の「巨勢氏祖先伝承の成立過程(5)」に従って叙述しておく。氏は、「巨勢氏は六世紀以降、朝鮮問題に関与することによって勢力を得て来た新興氏族である」と結論し、そして、「巨勢氏の本拠の地は、『倭名抄《わみようしよう》』によって、大和国高市郡《やまとたかいち》巨勢郷〔現・奈良県高市郡明日香《あすか》村越《こし》のあたり〕と考えられるが、それは巨勢氏が勢力をえてから本拠を動かしたのであって、本来の拠地は、それより南方の御所《ごせ》市大字古瀬《こせ》（旧南葛《みなみかつら》城郡《ぎ》）であったのではなかろうか。」と注記で本拠地を推定している。

その「本来の拠地」とされる旧南葛城郡古瀬は、立派な巨勢寺塔址《こせでらとうあと》や石舞台《いしぶたい》に匹敵するほどの水泥《みどろ》古墳や権現堂《ごんげんどう》古墳のある地で、『万葉集』に残されている数首の歌によると、大和から紀州へ行く道筋のひとつ（巨勢道《こせじ》）にあたっていた。いかにも狭隘《きょうあい》な土地であり、耕地にすべき平地はごく僅かである。このような土地に占居《せんきょ》した豪族がいかにして富《とみ》を蓄積したかは想像もつかない。巨勢道の通行税でも取っていたのかと考えてみたが、直木氏がさきの論文で分析したように、巨勢氏が外交関係などで勢力を伸ばしたということも、土地柄を考えると首肯できるような気がする。

そうした新興氏族の娘である巨勢郎女に、若い大伴安麻呂が妻問をしてさきの相聞歌が詠まれた、という点まではそれほど架空のことでもないと言ってよいだろう。そして、その後、さきの関口論文の結論を借りるとすると、彼らは豪族層であるから、夫は妻を夫方の居住地へ伴って夫婦同居したということになる。それでは、彼らが新居を営んだ頃の大伴家の土地はどのあたりにあったのであろうか。

かつて岸俊男《きしとしお》氏によって示された「大和における豪族分布図」というものがある。(6) 勿論《もちろん》筆者自身が注記しているように、この図は「概念的」なもので、「その勢力圏を示す圏線は厳密なもの」ではないだろう。ただ、概念的だとはいえ、その後も学界では承認されている学説であり、当時の豪族たちの勢力圏を理解するには便利なので、ここでも利用することにする。

その説によると、大伴氏の勢力圏は、現在の奈良県桜井市《さくらい》を中心にした半径二・五キロ程度の土地となっている。この範囲には、『万葉集』巻四、七六〇・七六一や、巻八、一五九二・一五九三・一六一九などの題詞に見えている「竹田庄《たけだのたどころ》」、巻八、一五四九・一五六〇・一五六一などの題詞に見えている「跡見庄《とみ》」が含まれている。勿論、岸氏がさきの勢力圏を考えるにあたっては、それら大伴氏の庄園の存在も考慮にいれていたに違いない。

＊

ここで別の視点を導入したい。奈良時代の人物は年齢のわからない者が多いので、ほとんどは推定によって論を進めるしか方法がない。そこで私は、ある程度は説得力をもつ年齢推定のための物差《ものさし》を作ってみることにした。つまり、当時の天皇の何人かは生没年がわかっているし、しかもそれらの天皇が生んだ子の生年も判明するとなると、彼らが最初の子を生んだ年齢がはっきりするわけである。その結果、次のような事例を拾うことができた。元正《げんしょう》天皇は、草壁《くさかべ》皇子（父）十九歳、阿陪《あへ》皇女（母）二十歳の時の子であり、聖武《しょうむ》天皇は文武《もんむ》天皇（父）十九歳の時の子であり、孝謙《こうけん》天皇は聖武（父）と光明子《こうみょうし》（母）がともに十八歳の時の子であった。これは天皇家の例ではないが、藤原不比等《ふじわらのふひと》は十九歳の時、長男武智麻呂《むちまろ》をもうけている。以上のように、当時の皇族たちは、男女ともに十八歳から二十歳の年齢で初出児をもうけているのが通常であるらしい。額田《ぬかた》王の年齢推定には孫の葛野《かどの》王からさかのぼって数える算定法が用いられるのだが、その時に十市《とおち》皇女や額田王がそれぞれの子を生んだ年齢を十五、六歳とみなす説は、以上のような考え方からするとあまり受け入れられないのである。

旅人の生まれた年は明らかではないが、没した年は天平《てんぴょう》三年（七三一）である（『続日本紀』）。没年については『懐風藻《かいふうそう》』に「年六十七」という記録があり、現在のところこれ以外に信頼すべき記録を見出せない。これに従って逆算すると、旅人は天智《てんじ》四年（六六五）の生まれということになる。さきほどの物差を用いて、その年に安麻呂がかりに十九歳だったとすると、安麻呂は大化《たいか》三年（六四七）の生まれで、和銅《わどう》七年（七一四）に没した時、六十八歳だったことになる。その安麻呂が天智四年以前に大伴家の世継《よつ》ぎとしての青春時代を送っていたとしたならば、どのあたりに住んでいたと考えるのが妥当かということが問題である。安麻呂の父親長徳《ながとこ》も歴とした律令官人であったから、そのときどきの都《みやこ》からそれほど離れた所に住んでいたわけではなかろう。天智称制《しょうせい》元年（六六二）から四年へかけては、大規模な朝鮮出兵とそれに続く敗戦、間人《はしひと》大后の薨去《こうきょ》など、内憂外患《ないゆうがいかん》ただならぬ時代であったが、政治の中心地は後飛鳥岡本宮《ごあすかおかもとのみや》であり、安麻呂の住まいも明日香近辺だったはずである。安麻呂が巨勢郎女を妻問に行くにしても、明日香から巨勢まではさほどの距離ではない。そして二人は夫婦となって、郎女は明日香近辺の安麻呂の家に同棲し、間《ま》もなくそこで旅人が誕生する。

その後の安麻呂夫妻と子供旅人とを取りまく世間の情勢も、決して穏やかなものではなかった。天智六年（六六七）には周囲の反対を押し切って近江へ遷都が行われた。のちの行動から判断すると、安麻呂は明日香の古京《こきょう》に残っていたのかもしれない。あるいは近江へいったん移ったにしても、壬申の乱勃発当時には明日香へ帰っていたことは確実である。なぜならば、天武元年六月二十九日の条によって、安麻呂が明日香から不破宮《ふわのみや》への伝令として働き、天武を喜ばせていることがわかるからである。(7)当時安麻呂は二十六歳、旅人は八歳である。郎女と旅人母子は、当時戦乱の一中心ともなった明日香の片隅《かたすみ》で、息をひそめて乱の推移を見守っていたのではないか。乱の平定後、郎女の父は流刑《るけい》に処せられたけれども、すでに大伴家の一員として長い年月を過ごしている郎女には影響はなかったものと思われる。

以上のような事情から察すれば、旅人の幼少年時代は明日香の古京の近辺にあったと考えるのが妥当である。

旅人にとってのフルサト

その後の都の変遷を大ざっぱに追ってみると、壬申の乱後は飛鳥浄御原宮《あすかきよみはらのみや》、持統《じとう》八年(六九四)には藤原京《ふじわらきょう》遷都、和銅三年(七一〇)には平城京《へいじょうきょう》遷都となる。さきに述べたように、律令官人としての旅人もそれぞれの都の勤務先に近い家に居住したのであろう。もっとも、もともと明日香近辺に住まっていた旅人は、藤原京が勤務先となっても、さして遠くになったわけではないから、自宅は移転しなかったかもしれない。しかし、都が平城京に遷《うつ》ると明日香からは通えない。そういうわけで、当時の律令官人たちは、続々と平城京内に新居を構えて移住していった。安麻呂が佐保大納言と呼ばれたのは、平城京の佐保の地に大邸宅を構えていたからである。その地は川口常孝《かわぐちつねたか》氏が推定した通り、現在の奈良市法蓮《ほうれん》町のあたりであろう。(8) 旅人もおそらくそのあたりに住んでいたと考えられる。

旅人は、晩年になってから大宰府《だざいふ》の地で奈良や吉野《よしの》をなつかしんだ歌を詠んでいる。平城京や吉野離宮をしのぶ歌はこの際ともかくとして、それらと同時に詠んだ歌として次の二首が問題になるのである。

浅茅原《あさぢはら》つばらつばらに物念《も》へば 故郷《ふりにしさと》し念《おも》ほゆるかも　（巻三、三三三）

萱草《わすれぐさ》わが紐《ひも》につく香具山の故去《ふり》にし里を忘れむがため　（巻三、三三四）

旅人は、遠く大宰府の地にあって故郷が忘れられず、なんとかして忘れようがために萱草をつけようとしているのだ。それほど忘れ難い「香具山」の近くの故郷というのは、おそらく旅人が生まれ育った地に違いない。その三三四番歌と同時に詠まれている三三三番歌の「故郷」がどこであるかは分明ではない。しかし、かつて私は「浅茅原」という言葉を詠みこんだほかの万葉歌九首を分析し、その九首すべてが恋の歌であり、その点から類推すると三三三番歌も、「単に望郷述懐の歌として鑑賞するよりも、恋の歌として味わった方が一層ふさわしいのではないかといいたいのである。旅人があれほど愛していた妻の大伴郎女との若き日の恋の思い出を旅人はこの歌の中に籠《こ》めているのではなかろうか。」と述べたことがある。[9] その考えをすすめるならば、旅人は幼少年時代も青春時代も明日香の近辺で過ごしたのではないかと推察できる。妻の郎女も同族の出身だから、やはり明日香の近辺に住まわっていたとしても不思議はない。

さらに、今度は旅人が平城京にあってさえも恋しく思った「故郷」を詠んだ歌がある。

（天平）三年辛未大納言大伴卿在二寧楽家一思二故郷一歌二首

しましくも行きて見てしか神名火《かむなび》の淵は浅《あせ》にて瀬にかなるらむ　（巻六、九六九）

指進《さしすみ》乃栗栖《くるす》の小野の萩の花散らむ時にし行きて手向《たむ》けむ　（巻六、九七〇）

尾山篤二郎《おやまとくじろう》氏は九七〇番歌について、「名所の栗栖野の萩が散る頃、先妣《せんぴ》の墓に詣《もう》でて手向をしようと云ふことだらう。」とし、「巨勢氏の本貫《ほんがん》は南葛城郡葛《くず》村大字古瀬」であるから、「大伴氏の故郷でなくとも母の故郷であれば子にとつて等しく故郷である。」と結んでいる。[10] 安麻呂と巨勢郎女との婚姻形態を従来理解されていたような妻問婚の考え方で推《お》し測《はか》ると、尾山氏のようにみなすのは順当で、私もかつてはそう思っていた。ただ、尾山氏は、巨勢郎女の墓の所在地として考えた「栗栖の小野」と「葛村大字古瀬」との関係については何も記してはいない。

まず、これまでに叙述してきたような趣旨に基《もと》づくと、安麻呂が恋の当初には通った所である巨勢の地が、そのまま旅人成育の地とはならないわけで、安麻呂は恋の成就《じようじゆ》した暁《あかつき》には郎女を大伴家伝来の地に迎え入れたと考えられるため、旅人が最晩年に平城京にあってなお恋しく思った「故郷」は、巨勢の地ではなく明日香近辺の地であるということになる。つまり、九六九番歌に詠まれた「神名火の淵」は、明日香の「神名火」なのである。

明日香の「神名火」がどこであるかという点に関しても議論は多く、桜井満《さくらいみつる》氏によれば、近世以来の雷《いかづちのおか》丘近辺、あるいは甘樫《あまかしのおか》丘近辺という説は否定され、ミハ山近辺、岡寺山《おかでらやま》近辺という考えが新たに主張されているようである(11)。それにしても、その位置は明日香の圏内におさまるわけだから、そこが旅人の「故郷」と遠く隔《へだ》たっているわけではない。従って、旅人が死に臨《のぞ》む時期に、平城京にあって切実に再訪を願っていた「神名火」は明日香の「神名火」であり、旅人が幼少年期を過ごし、なおかつ大伴郎女と恋を語らった地に近い所であったと考えてよいだろう。

ところが、九七〇番歌に詠まれた「栗栖の小野」は、少なくとも明日香の「神名火」ではない。しかも、旅人は、みずからの死を前にしながら、明日香の「神名火」と同等の比重をかけてしのんでいるのである。そのように大切であった場所が現在のどこに相当し、それが当時の旅人にとってどのような意味を持つ土地であったのかという点については、改めて語らなければならない。

「栗栖の小野」で、なんのための「手向」をするのか

九七〇番歌がだれのための「手向」かという問題に関して、あれこれと考察をめぐらせたことがあった。(12)その折、集中すべての「手向」の用例を吟味して、それらの過半数が愛人に逢うために「手向」をしているという結論を出した。しかし、一例だけ「死者に逢うため」に「手向」をしている歌を見出した。

田口広麻呂死之時刑部垂麻呂作歌一首

百《もも》足らず八十隈《やそくま》坂に手向せば過ぎにし人にけだし逢はむかも　(巻三、四二七)

また、次の歌は、肝心《かんじん》の部分の訓が揺れているので参考までとせざるをえなかったのだが、訓によっては「手向」の歌となる。この「手向」もおそらく墓に対する「供養」という意味になるだろう。

寄レ花

梅の花しだり柳に折りまじへ花に供養者*君に逢はむかも　（巻十、一九〇四）

＊「供養者」の訓にはソナヘバ、タムケバ、マツラバ、クヤウセバ、クヤセバなどがある。

右のように解釈すれば、万葉時代にも今日のわれわれがなすように、墓前に「手向」をして死者の霊に呼びかけるということが行われていたとみてよいようである。そうであれば、九七〇番歌の解釈として、「故郷の神かまたは先祖の墓などへ手向せんとなるべし」とした略解の説も、あながち近世にひきつけ過ぎた解釈であるとは言えない。従って、その部分を「タムケム」と訓《よ》んで、略解《りやくげ》、古義《こぎ》の説を援用しつつ、「こは筑紫にて死別して故郷に還し葬りけむ大伴郎女の墓にたむけむと云へるなるべし。」と推定した新考の説にはなかなか捨てがたいものがある。

即《すなわ》ち、そのことは、天平三年秋七月に旅人の資人《しじん》であった余明軍《よのみようぐん》が「犬馬之慕」に勝《た》えることが出来なくなって「心中感緒」を詠んだ歌五首の中に、次の歌のあることと関連してくるのである。

かくのみに有りけるものを萩の花咲きてありやと問ひし君はも　（巻三、四五五）

私はかつて旅人の最期《さいご》について次のように書いた[13]。

その年の夏、旅人は病床の人となった。死ぬまでに一度は行きたいと思っていた「栗栖の小野」への再訪は不可能のようであった。勅令により内礼正《ないらいのかみ》県犬養人上《あがたのいぬかいのひとかみ》が遣《つか》わされ、旅人を看護したが、病《やま》いは重くなるばかりであった。資人の余明軍に度々「萩が花咲きてありや」（巻三、四五五）と問うたのは、生《うま》れ故郷を夢みていたからであろう。

私がここで「栗栖の小野」を「生れ故郷」としたのは、旅人の母巨勢郎女が旅人を生んで育てたであろう土地を、一応そこと仮定していたためである。その仮定が妥当であるか否《いな》かという判定は現段階では保留にしたまま話をすすめるとしても、旅人が臨終に近い頃、余明軍に向かって「萩が花咲きてありや」とじかに問うていたからこそ、明軍が四五五番歌を詠んだのだと私は思うのである。それは、日頃から「犬馬」のように旅人の身のまわりの雑事を何くれとなくこなし、主人の痒《かゆ》いところに手の届くような奉仕を常《つね》としていた余明軍にして初めて詠めた歌であった。従って、その当時の明軍は、旅人がなぜ萩の花を気にかけていたかを熟知していたはずである。ところが、今日のわれわれにとって、それは依然として謎なのである。

万葉時代においても、「手向」には死者への供養という意味があったわけであるから、九七〇番歌をそのような意味をこめた歌として考えると、その供養の対象としてあてはまる人物は少なくとも二通りあることになる。ひとりは旅人の母巨勢郎女であり、ひとりは旅人の妻大伴郎女である。

さきにのべたように、尾山氏は「栗栖の小野」を巨勢郎女にゆかりのある土地と考え、私も従った。しかし、その後に得た知見によれば、奈良時代に活躍していた官人たちの墓地が、必ずしも彼らの父祖伝来の地域に設けられたわけでもなさそうであることが判《わか》った。しばらくその角度からのアプローチを試みることにする。

墓誌の発見がもたらした好運によって、今日のわれわれは、小治田安万呂《おはりだのやすまろ》と太安麻呂《おおのやすまろ》という二人の官人の生前の住所と墓所の位置とを知ることができる。それぞれの生前の住所と墓所の現在の地名は次の通りである。

小治田安万呂

・生前の住所　　平城京右京三条二坊

・墓所の現在の地名　　奈良市都祁甲岡町《つげこうか》

太安麻呂

・生前の住所　　平城京左京四条四坊

・墓所の現在の地名　　奈良市此瀬《このせ》町

この二人の生前の住所というのは、律令官人としての毎日の勤務にさしさわりのないように、いわば半強制的に定められた住居のありかと考えてよいだろう。彼らにとっての本来の故郷、祖先伝来の地というものは、平城京内のこれらの住所とは別の場所にあったはずである。小治田氏の本貫は奈良県高市郡明日香村小治田の地で、太(多)氏の本貫は同県磯城《しき》郡田原本《たわらもと》町の多《おお》神社のあるあたりであろうが、彼らの本貫の地はさしあたり問わなくてもよい。目下のところ、彼らが現実に住んでいた場所と墓所のありかがどの位離れていたかという点が問題なのである。いま、それぞれの住所から墓所までの直線距離を測ってみると、小治田氏の場合が約十七キロ、太氏の場合が約十一キロである。この距離は五万分の一地形図の上での概算であって、実際に訪ねてみるとどちらもはるかに複雑な径路を通らなければならないので、距離がかさむばかりでなく、平城京とそれぞれの墓所との標高差は、小治田氏の場合は三九〇メートル以上、太氏の場合は三三〇メートル以上ある。いずれも、当時の都心であった平城京からは随分離れた、しかも山路を奥深く登りつめた辺鄙《へんぴ》な場所である。それらの場所が彼らにとってどのような意味あいをもつ土地であったのか、私には知るよしもないけれど、彼らの父祖の地ではなさそうなことは確かなようだ。

彼らのほかに、生前はおそらくは平城京内に居を構えていたはずの奈良朝官人たちのうち、幸いにも墓誌銘(14)によって墓所の判明する者を列挙すると、次のようになる。

小野毛人《おののえみし》　京都市左京区上高野《かみたかの》
文祢麻呂《ふみのねまろ》　奈良県宇陀《うだ》市榛原八滝《はいばらやたき》
威奈大村《いなのおおむら》　奈良県香芝《かしば》市穴虫《あなむし》
石川年足《いしかわのとしたり》　大阪府高槻《たかつき》市真上《まかみ》町

このように、これらの官人たちの生前の住所と墓所との距離は、さきの二人のそれよりも一層遠くなるばかりであって、彼らの墓所がどういう考えのもとに決定されたのかがますます解《わか》らなくなるのである。しかし、いまのところ、その謎の解明は放置しておいてもさしつかえない。要するに、生前の住所と墓所とがかなり離れていたところで決して異常ではないし、こうした官人たちの墓所が必ずしも彼らの父祖伝来の土地であるとは限らないのだという事実を確認したかったのである。

以上の確認をひとつの根拠とすれば、旅人が九七〇番歌で「行きて手向けむ」と心にかけていたのは、巨勢郎女の墓であっても大伴郎女の墓であってもかまわないということになる。

「栗栖の小野」の候補地については諸説ある。尾山篤二郎氏は、『大和志《やまとし》』『大和志料《やまとしりょう》』の説に引かれて旧南葛城郡忍海《おしみ》村大字柳原《やなぎはら》をあげているが、その説に固執しない方がよいかもしれない。北島葭江《きたじまかこう》氏(15)は、『大和志』のもう一つの説である、雄略記《ゆうりやくき》の「引田《ひけた》の若栗栖原《わかくるすばら》」をあて、現・桜井市白河《しらが》を比定している。阪口保《さかぐちたもつ》氏(16)は、現・吉野《よしの》郡東吉野《ひがしよしの》村を比定し、『万葉集私注《まんようしゆうしちゆう》』は『多武峯略記《とうのみねりやくき》』の小栗栖堂《おぐりすどう》を参考にあげるといったありさまである。かつて川口常孝氏が発見された「伴墓《ともばか》」(17)が大伴氏の共同墓地であるならば、そこは佐保の地からは指呼《しこ》の位置にあるけれども、旅人が「行きて手向けむ」と詠んでいる「栗栖の小野」はそこではなくて、平城京からはかなり離れた土地にあったことは確かである。

注(1)『大伴家持』(昭46、平凡社)
(2)東野治之『木簡が語る日本の古代』(昭58、岩波書店)、山中敏史・佐藤興治『古代の役所』(昭60、岩波書店)
(3)例えば、鬼頭清明『古代の村』(昭60、岩波書店)には、「どちらの学説が正しいかはなお決着をみていない」とある。そのほか、服部早苗「古代の母と子」(『日本の古代』⑿、昭62、中央公論社)など。
(4)『講座日本歴史』(2)(昭59、東京大学出版会)
(5)『日本古代の氏族と天皇』(昭39、塙書房)
(6)「ワニ氏に関する基礎的考察」(『日本古代政治史研究』昭41、塙書房)
(7)「既にして大伴連安麻呂・坂上直老・佐味君宿那麻呂等を不破宮に遣して、事の状を奏さしむ。天皇、大きに喜びたまふ。」(日本古典文学大系本『日本書紀』(下))
(8)「「佐保の宅」追考」(昭59、『帝京大学文学部紀要国語国文学』)など
(9)「旅人の歌二首について」(『大伴旅人逍遥』平6、笠間書院、所収)
(10)『大伴家持の研究』(昭31、平凡社)
(11)『飛鳥の祭りと伝承』(平元、桜楓社)

(12) 注(9)に同じ。
(13) 「旅人小伝」(『大伴旅人逍遙』平6、笠間書院、所収)
(14) 『古京遺文注釈』(平元、桜楓社)
(15) 『萬葉集大和地誌』(昭16、関西急行鉄道株式会社)
(16) 『萬葉集大和地理辞典』(昭19、創元社)
(17) 「伴墓の発見について」(昭48、桜楓社)

第二章　在京時代

生涯

はじめに

歌人旅人について論ずる者が抱く疑問の一つに、なぜ筑紫《つくし》下向以前の彼に、僅か三首の歌しか残っていないのかということがある。

それは天平宝字《てんぴょうほうじ》三年正月以降、家持が歌を詠まなかったか否かということとは些《いささ》か問題の性質を異にする。誰しもが憶良のように、辞世の嘆《たん》を吐露《とろ》するまで孜々《しし》として歌作りに専念できる訳ではなく、作家や詩人たちの多くが創作意欲や体力の減退やふとした事件などをきっかけにして筆を絶《た》つことは何ら珍しいことではないからである。

ところが、ここで問われているのは、三・四十歳の年齢ならともかく、六十歳に至るまで殆《ほとん》ど歌というものを詠まなかった者が、ある日突然に歌作に熱中するということがあり得るだろうかということなのである。それはまた、もしあり得たとすれば、何が彼をして歌人に変身させたのかという、次なる疑問へと我々を導くからである。
「歴史学はいつも起こった事実の解釈に逐《お》われ、起こらなかった事実がなぜそうなのかについて見落としてきたような気がする」と記したのは『ナマコの眼』を著《あらわ》した鶴見良行《つるみよしゆき》氏である(1)。本稿では氏の論に準《なずら》え、なぜ旅人が神亀《じんき》元年まで歌を詠まなかったのかということと、その彼がなぜ唐突にも吉野行幸従駕《ぎょうこうじゅうが》の際に頌歌《しょうか》を献呈したのかという、二つの点に焦点を絞って考察してみたい。

聖武即位前後までの旅人の足跡

そこでまず、吉野従駕歌制作に至るまでの旅人の足跡を簡単に振り返ることから始めよう。史書は必ずしも諸卿大夫《けいたいふ》の動静や履歴を細《こま》かに伝えているとは言えないが、大宰帥以前の旅人について我々が知っていることもさほど多くはない。

旅人の『続日本紀』における初見は、和銅三年（七一〇）の正月に左将軍《さしょうぐん》として右将軍の佐伯宿禰石湯《さえきのすくねいわゆ》らと共に、皇城門の外、朱雀《すざく》の路《みち》に東西に分頭して騎兵を陳列し、隼人《はやと》・蝦夷《えみし》らを従えて進んだと見える記録である。時に彼は四十六歳、正五位上であった。

彼が天智四年（六六五）安麻呂の長子として生《せい》を受けて以来、それまでの四十六年間、いかなる環境に育ち、どんな官途《かんと》を辿ってきたのか皆目《かいもく》判らない。ただ判っていることは、八歳になった天武元年（六七二）に壬申の乱が勃発し、吹負《ふけい》や御行《みゆき》ら大伴氏はいち早く大海人皇子方につき飛鳥《あすか》旧都の留守司《るすのつかさ》を急襲し、父安麻呂がそれを大海人に伝えたということである。その機敏にして時を得た功によって大伴氏の一族は、天武朝において顕官を得、十三年（六八四　旅人20歳）には大伴連《むらじ》は宿禰の姓を賜《たまわ》った。

天武十四年、二十一歳になった旅人は慣例に従い大舎人《おおとねり》などの身分で出仕したのであろうか。三十七歳の大宝《たいほう》元年（七〇一）一月には、伯父の御行が薨《こう》じ、代わって父安麻呂が大伴氏の氏《うじ》の長《おさ》となり従三位中納言を賜っている。また翌年、父は式部卿《しきぶきょう》、参議《さんぎ》、兵部卿《ひょうぶきょう》に任ぜられ、更《さら》に慶雲《けいうん》二年（七〇五　旅人41歳）八月には大納言に上り、十一月に大宰帥を兼任する。和銅元年（七〇八　旅人44歳）には弟の宿奈麻呂が従五位下に昇進した記事が見えるので、そのころ旅人も当然正五位上か下にはなっていたであろう。

このように、彼の名が史書に載《の》るのが四十六歳、しかも正五位上で儀礼上の左将軍というのも、必ずしも心行く官職であったとは言えないが、しかし当時まだ氏の長として御行があり、父安麻呂も政界で重きをなしていたから致し方なかろう。ところが、御行が大宝元年（七〇一）に、安麻呂も元明《げんめい》の和銅七年（七一四　旅人50歳）に薨じる。時に父は正三位大納言大将軍であった。天皇は彼の死を悼《いた》み従二位を贈っている。その前の和銅四年（七一一）に旅人は従四位下を授けられ、公卿《くぎょう》の仲間入りを果たし、漸《ようや》く本格的な昇進の道を歩み始めている。父の後を承《う》け、彼が代わって氏の長となったのである。その年の十一月に、彼は左将軍に任命され、更に元正女帝の即位した霊亀《れいき》元年（七一五）の正月には従四位上に昇進し、五月に中務卿《なかつかさきょう》を拝し、更に三年後の養老《ようろう》二年（七一八　旅人54歳）三月には中納言に昇進した。長男の家持を得たと推定される年である。翌年の養老三年一月に、彼は正四位下に進み、九月には山背《やましろ》国摂官《せっかん》となっている。

養老四年（七二〇）旅人は征隼人《せいはやと》持節大将軍《じせつたいしょうぐん》に任命され、隼人の乱鎮圧のため筑紫に下るが、その六月、炎暑下の労苦に対し天皇から慰労の言葉を賜り、七月には将軍以下抄士《しょうし》に至るまで物を賜っている。ところが、八月二十一日、隼人の乱のまだ治まらない最中に、急《きゅう》遽《きょ》彼は都に召還された。というのも、この月の三日に持統、文武、元明、元正と四代にわたって政界に君臨し続けてきた右大臣《うだいじん》藤原不比等が薨じたからである。旅人は帰京後の十月、長屋《ながや》王と共に不比等の第《てい》で詔《しょう》を述べ、彼に太政《だいじょう》大臣《だいじん》正一位を贈る役を果たしている。時に旅人、持節大将軍、正四位下、中納言兼中務卿であった。

こうして見ると、不比等と大伴御行や安麻呂・旅人父子との間には、格別の政治的な対立や軋轢《あつれき》はなかったようである。因《ちな》みに、不比等が政界にあった三十三年間、政界上層部に殆ど政争らしい政争が起きていないが、それはひとえに彼の並々ならぬ手腕、取り分け閨縁《けいえん》による氏族間の協調に腐心《ふしん》した彼の政策が功を奏していたからであろう(2)。

聖武即位後の旅人

不比等に代わって首班の座についたのは高市《たけち》皇子の子長屋《ながや》王である。王は元明の娘の吉備《きび》内親王を妻にし、不比等の娘長娥子《ながこ》を妾《しょう》としていたから、元明・元正の両女帝はもとより、不比等の信望もかち得ていたのであろう。その元明上皇は臨終に際し、長屋王と藤原氏の中からは特に房前《ふささき》の二人を枕頭《ちんとう》に呼び後事を託している。分けても後年旅人から日本琴《やまとごと》を贈呈された房前は、「内臣《うちつおみ》」として帝業を輔翼《ほよく》するようにとの委託を受けているのである。しかし、そうした両人に対する優擢に対する不満も一方ではあったのであろうか、『続日本紀』

は、早くも養老六年一月に丹治比《たじひの》〔丹比、多治比〕三宅麻呂《みやけまろ》が謀叛の誣告《ぶこく》をし、穂積老《ほづみのおゆ》が乗《じょう》輿《よ》を指斥《しせき》したとし、二人を流罪に処したという事件を載せている。元明の没した僅か一月後のことである。

ただ首班は交代しても旅人自身の地位や処遇には影響が無かったと見え、養老五年（七二一 57歳）の正月には従三位に昇り、三月に帯刀資人《たいとうしじん》四人を給せられ、十二月の元明太上天皇の崩御《ほうぎょ》に際しては営陵《えいりょう》の任務を果たしている。

やがて待望久しい男帝聖武が即位した神亀元年の二月四日、長屋王は左大臣に昇進し、旅人も武智麻呂や房前らと共に正三位に上り封《ふう》を益され物を賜った。その翌月の三月一日に新帝は芳野《よしの》に行幸し、五日には車駕《しゃが》を宮に帰還させている。旅人が処女作「芳野行幸歌」を制作したのは、その折と目されているのである。

ところが、行幸から帰って僅か半月余り後、新帝即位の二日後に発せられた「正一位藤原夫人を尊《とうと》んで大夫人《たいふじん》と称せ」という勅《ちょく》が公式令とは矛盾していると長屋王に指摘され、前勅を撤回するという事件が起きている。台閣《たいかく》の首班にあったのは長屋王であるが、帝を補佐し詔勅などの実務を取り仕切っていたのは、皇太子の時代から東宮大傅《とうぐうたいふ》として近仕《きんじ》していた不比等の長子武智麻呂であったのであろう。

その事件の四ケ月後の七月、石川《いしかわ》夫人の薨じた際に第に就《つ》いて天皇の詔を宣《の》べた記事を最後に、旅人の消息は『続日本紀』から消えてゆく。神亀四年の末年か五年初頭のことと推定されている大宰帥就任(3)はもとより、天平二年の大納言昇進の記事も史書から漏《も》れているのである。彼の名が再び史書に登場するのは、天平三年の従二位を授与された時である。彼が薨じた七ケ月前のことである。もっとも、神亀元年以降は武智麻呂や房前らの名も何故《なぜ》か史《し》乗《じょう》から消えているのであるが。

筑紫下向以前の大伴氏の歌

こうして見ると旅人の処女作である吉野行幸歌は、政局が大きく変動してゆく節目——また、それは旅人の晩年において迎えた人生の大きな岐路でもあったのだが——において詠まれていることが知られる。

ところで、彼がなぜそれまで歌を詠まなかったのかという問いは、必ずしも旅人だけに向けられるものではなく、彼の祖父や父、それに彼の兄弟や姉妹たち、就中《なかんずく》彼の異母妹で筑紫から帰った後は、親族の交《まじ》わりの中で夥《おびただ》しい数の歌を残した坂上郎女にも言えることである。彼女にせよ天平三年以前は、僅かに藤原麻呂《まろ》との贈答歌五首（巻四、五二五－五二九）を止《とど》めるのみだからである。

因みに、筑紫下向以前に制作されたと目される大伴氏関係の作品はと言えば、作者や時代の点でいささか疑問の残る大伴御行の「壬申後の作」

大君は神にしませば赤駒の腹這ふ田居を都となしつ　（巻十九、四二六〇）

を含めても、旅人の父の安麻呂に三首（巻二、一〇一　巻三、二九九〔旅人作とも〕　巻四、五一七）、安麻呂の第二子の田主に石川郎女との応酬歌一首（巻二、一二七）、第三子の宿奈麻呂に無名の女子に贈る歌二首（巻四、五三二－五三三）、今城《いまき》王の母の大伴郎女に一首（巻四、五一九）があるだけで、先の坂上郎女の五首を加えても計十三首の短歌を数えるに過ぎない。これしきの歌数では、到底《とうてい》大伴氏が「歌の家」であったとは言えないのみならず、彼らに歌人の称を与えるのさえ躊《ため》らわれるであろう。

ただ、万葉史百年を通観すれば分かるように、歌はほぼ百年の間途切《とぎ》れることなく連綿として詠み継がれてきた訳ではなかった。またその詠み手も名族や寒門《かんもん》からあまねく輩出されていた訳ではなく、特定の氏族や皇親を中心にして形成された一種の愛好の徒たちによって詠まれていたようである。

旅人の生きた時代で言えば、彼の二十代から四十代の半ば頃までの、持統・文武朝は盛時の一つであって、宮廷を中心に皇子や皇女、それに知識官人たちによる一種のサロンが形成され、柿本人麻呂らによって盛んに歌が詠まれていた。それに続くのが、彼が六十代に足を踏み入れようとしていた聖武天皇即位の前後である。そこで彼は初めて吉野従駕の歌を制作するのだが、その賑《にぎ》わいの中でも旅人を除いて他の大伴氏の作は見えない。

大伴氏関係の歌が見えないのは、一つに彼らが上記のグループやサロンとは別の場で歌を詠んでいたため、集には残らなかったということも考えられる。だが、旅人は周知のごとく大宰帥着任後の自作はもとより、彼との贈答歌、並びに彼の周囲で制作された歌などを、目の及ぶ限り丹念に蒐集保存している(4)。また、それを引き継ぐ形で坂上郎女は親族の宴や知己歌友らとの交遊の中で詠まれた歌を記録蒐集(5)し、甥《おい》の家持へと受け渡し、更にそれを承けて家持は、自ら歌作に専念する一方で、古歌や新作、それに私家集や防人歌《さきもりのうた》、地方の民謡にいたるまで幅広く蒐集しているのである。

このように広く作品蒐集の作業を続けてきた彼らが、筑紫下向以前の父祖や親族らの歌を惜《お》しげもなく廃棄したとは到底考えられない。やはり、旅人はそれまで歌を詠まなかったと見るのが穏当なのであろう。

因《ちな》みに、歌が生まれるには個人の内面から発する激しい情動と、それを繋《つな》ぎ止める装置としての詞句や堅固な造型性があれば足りるというものではない。筑紫の歌群を見れば分かるように、歌が詠出されるには、それを待ち受ける時と場、取り分け良い耳翼《じよく》を持つ聞き手であると同時に、速《すみ》やかな応唱者にもなりうる受け手がいなければならなかった。おそらく旅人らは、そうした機会と人に巡り合うことが、それまで多くなかったのであろう。旅人から家持へと詠み継がれてきた歌群を見ても、彼らの傍《かたわ》らに師範として仰《あお》ぐ人麻呂や山部赤人《やまべのあかひと》のような歌人はいなかったようである。旅人自らが宮廷歌人たちのする技に挑《いど》んだのも、そのせいでもあったろう。

吉野行幸歌の性格

では、何故にそうした旅人が聖武の即位直後において、唐突にも吉野従駕の歌の制作を試みたのであろうか。それを推想させる手掛かりとして、我々は彼の処女作と筑紫下向後の作品以外には持っていない。そこで、まず彼の吉野行幸歌がどんな性格の歌であるか検証してみなければなるまい。

暮春の月、吉野の離宮に幸す時に、中納言大伴卿、勅を奉はりて作る歌一首 并せて短歌 未だ奏上を経ぬ歌

見吉野之　芳野乃宮者　山可良志　貴有師　川可良思　清有師　天地与　長久　萬代尓　不改将有　行幸之宮

反歌

昔見之　象乃小河乎　今見者　弥清　成尓来鴨

み吉野の　吉野の宮は　山からし　貴くあらし　川からし　清《さや》けくあらし　天地と　長く久しく　万代に　変はらずあらむ　行幸の宮　（巻三、三一五）

反歌

昔見し　象の小川を　今みれば　いよよさやけく　なりにけるかも　（巻三、三一六）

「暮春之月」については、『続日本紀』の記す神亀元年三月の吉野行幸時とすることで諸説一致している。旅人の中納言昇進が養老二年三月であり、神亀四年以降には筑紫に下っているからである。またその間、史書には暮春の吉野行幸の記事が見えないこともその論拠の一つとなっている。

ところで、吉野離宮の頌歌《しようか》は、周知の様に人麻呂が早く持統朝にものし、聖武帝即位の前年の養老七年五月には笠金村《かさのかなむら》と車持千年《くらもちのちとせ》らが詠み、神亀二年にも金村と赤人らによって詠まれている。そうしたことから、従来旅人の作も人麻呂から金村・赤人らへと歌い継がれてきた吉野行幸歌の伝統を踏襲したものにすぎないと見なされてきた。(6)

ところが、旅人の作は人麻呂や赤人らの「伝統的な」吉野讃歌《さんか》とは些か様を異《こと》にしている。その一つは息継ぎの短さである。次に、それらに比して過剰とも言えるほど対句《ついく》や類義語句が反復使用されていることである。作品では、まず「み吉野の吉野の宮は」と主題を提示し、次いで「山からし貴くあらし」、「川からし清けくあらし」と快調な対句をもって眼前の美麗な景を歌い上げ、次に「天地と長く久しく」、「万代に変はらずあらむ」とヴァリエーションを重ね、その清く貴い離宮の永遠なる繁栄を冀望《きぼう》し、最後に「行幸の宮」と一種回文式の構成をもって結んでいる。また、歌詞の「み吉野の吉野」をはじめとして、(7)「山からし」、「川からし」、「清けくあらし」、「天地と長く久しく」、「行幸の宮」などは、何《いず》れも万葉集中には他に見られない語である。(8)

この吉野行幸歌と『懐風藻』に載る吉野詩との交渉を最初に示唆《しさ》したのは土屋文明《つちやぶんめい》である(9)が、その後清水克彦《しみずかつひこ》氏や中西進《なかにしすすむ》氏らが、その歌詞の異質性の因《よ》って来《きた》るところを詳述している。例えば清水氏は「万代爾　不改将有」の歌句が、これが作られた二十数日前、新帝即位の時に発せられた宣命《せんみよう》の語句中の「万代爾　不改」を踏まえたものであること、さらに「天地与　長久」といった漢語直訳的な部分は、元明天皇即位の際の宣命

「……与天地共長　与月日共遠　不改常典止……又天地之共長遠不改常典止…」

の影響と目《もく》されること、吉野離宮を讃《たた》えるに「山」と「川」を挙げているのは、『懐風藻』の吉野詩でも再三採られている『論語《ろんご》』の雍也篇《ようやへん》の「知者楽水、仁者楽山」の句を面影《おもかげ》にしたものであることを指摘し、初めて旅人の宮廷儀礼歌の独自性の因って来るところを解明し

て見せたのであった[10]。

同時に、中西氏も万葉の吉野歌と『懐風藻』の吉野詩とを対比し、歌では「清」なる吉野仙境《せんきよう》を讃え、漢詩では吉野を知水仁山《ちすいじんせん》の聖地として把握するといった点などに相違はあるにせよ、両讃歌には吉野を仙境とする発想、古追懐《いにしえついかい》、そして天皇讃美から吉野の自然へと讃美の重点を移す点など、その両者には明らかな交渉が存することを指摘[11]した。

それは反歌《はんか》も同様で、ここに見られる「昔」と「今」との対比なども吉野詩、直接的には『懐風藻』の藤原史《ふひと》〔不比等〕の「遊吉野」の詩中の「夏身夏色古り　秋津秋気新し　昔者聞きつ汾后を　今之見る吉賓を」などの句によったものと見るべきであろう[12]。

こうして見ると、彼と此の相違は単に歌の長短や詞句の違いではなくして、歌の質の相違、言ってみれば、彼の歌は漢文学、特に『懐風藻』の吉野詩の大きな影響のもとに生まれたものであると知られるのである。

吉野行幸歌の制作の背景

上述の様に旅人の吉野行幸歌は、人麻呂や赤人らと同じ口つきで詠まれたのではなく、吉野詩に拠《よ》った漢文臭の極《きわ》めて強い作品であると知られる。それはそれとして、問題は何故に中納言ほどの高官が「勅」を奉じて宮廷讃歌を奉呈《ほうてい》したのかということである。

確かに神亀元年という年は、旅人にとっても慶《よろこ》ばしい年であった。新帝が誕生するや、彼は巨勢朝臣邑治《おおじ》、藤原武智麻呂・房前の兄弟と共に正三位に昇進し、増封を見ているからである。その旅人が「『天武の吉野』に出でたちたもうたその再来の新帝に心おどるものを覚え」て頌歌を制作したということは十分に考えられよう(13)。

ところが不思議なことに、前年と翌神亀二年の行幸時には頌歌を献じた赤人・金村らが、この時詠歌《えいか》を奉呈したという形跡はない。もし彼らに詠歌誦詠《しょうえい》の勅が下されたのなら、新帝が即位して最初の吉野行幸である。当然彼らは渾身《こんしん》の力をこめて、洗練された詩句と流麗《りゅうれい》な韻律《いんりつ》を響《ひび》かせ、典雅な作をものしたであろう。とすれば、彼らに和歌詠出《えいしゅつ》の場が与えられなかったのは、それ以上に重要な企《くわだ》てがあったからと見なければなるまい。

この度の行幸では、新帝は即位後二十七日目の三月一日に宮都《きゅうと》を発し、五日に車駕を都に戻している。これを見れば、この度の吉野入りの目的が三月三日、上巳《じょうし》の行事の遂行にあることは明白である。上巳は『荊楚歳時記《けいそさいじき》』に

四民並びに江渚池沼の間に出で、清流に臨んで流杯曲水の飲を為す

と記されるように、水辺に出て禊《みそぎ》をし酒を飲み災厄《さいやく》を払う行事である。上巳についての記載は、日本でも早く顕宗紀《けんぞうき》元年と二年に見えるし、海彼《かいひ》の行事の多くが宮中に採用され、整備を見たと言われる持統朝では、五年に西庁で公卿と宴をしたという記事が見える。また、文武五年（大宝元年）に東安殿《とうあんでん》に王親や群臣を集め宴が催《もよお》されたことが記されており、聖武朝でも、元年、二年に記載はないが、三年以降は毎年それが行われている。中でも、神亀五年の条には、鳥池塘《とりいけのつつみ》に「文人を召して曲水の詩を賦せし」めたとあり、この日五位以上の官人を集めて応制の宴が華《はな》やかにとり行われたことが記されている。

とすれば、この年上巳の日を選び吉野に行幸し、その行事がなかった筈《はず》はない。しかも吉野の聖地こそ即位間もない新帝が、上巳の儀礼の本来の目的である清流で禊をし、詩宴を行うに最も相応《ふさわ》しい地であったのである。周知のごとく天武王朝の源泉でもあった仙境吉野は、持統朝以来多くの応詔《おうしょう》の雅詩を生み、上代漢詩《じょうだい》の世界に「吉野詩」という伝統すら築いてきたところでもある。しかも、その先鞭《せんべん》を付けたのが新帝の外祖父の不比等であり、聖武の即位は、彼が鶴首《かくしゅ》して待望するところでもあったのである。

当然、この日漢詩奉呈の勅《ちょく》が下され、華やかなうちにも厳粛に曲水の宴は取り行われたであろう。それが旅人作の題詞の記す「勅を奉《たてまつ》りて」の意味であるまいか。ところが、旅人は応詔の詩を献上するだけでは心ゆかなかったと見え、更に新しい機軸として、吉野詩の反といった形で吉野頌歌一首を儲《もう》けたのであろう。ただ、当該歌には「奏上にいたらず」という注が付されているように、上巳の儀と詩宴にかまけ大和歌《やまとうた》奏上の沙汰《さた》はなくてすんだようである。ともあれ、彼の作が極めて漢詩色、とりわけ吉野詩の風趣を色濃く止めている理由は、上巳の詩と向かい合わせて見て初めて理解できるのではあるまいか(14)。

ただ、新機軸に対する意欲や趣向はともかく、彼の作そのものはお世辞にも折り紙付きの傑作とは言えまい。心の奥処《おくか》から奔出する情感のほとばしりも、ひたぶるな讃仰《さんぎょう》の念《おも》いも感じることができないからである。詩を歌に置き換えることの難しさでもあろうか。

おわりに

旅人は吉野行幸歌を詠むのに、語彙《ごい》の上でも様式の上でも、人麻呂や赤人の模倣《もほう》から始めはしなかった。また、その理由の一端をここで推測してきた。つまり、それまで旅人が専《もっぱ》ら馴《な》れ親しんできたのは、大和歌ではなくして漢詩、漢文学であったということである。無論、それは律令制下に生きる高級官人として当然の教養であり嗜《たしな》みでもあったのである。ただ、この時には彼の歌は奏上を見ることはなく、人々の耳目《じもく》に触れることはなかったが、その後も彼はしばしば漢文と和歌との組み合わせという趣向を用いて歌作りに挑戦している。「報凶聞歌《ほうきようもんか》」における書簡文と歌との組み合わせ、「日本琴《やまとこと》の歌」や「遊松浦河《まつらがは》歌」などに見られる『文選《もんぜん》』の賦《ふ》と大和歌を融合させた作などがそれである。また詩と歌との取りあわせについて言えば、前掲の「報凶聞歌」に応《こた》えて、山上憶良が旅人に献呈した「日本挽歌《にほんばんか》」において、それをなし遂《と》げている。筑紫において二人を急速に親近させた所以《ゆえん》でもあったところである。(15)今はその経緯について詳細に述べる紙幅をもたない。ただ、吉野讃歌後の旅人の歌作と報凶聞歌との関係については、早く大浜厳比古《おおはまいつひこ》氏や伊藤博氏、林田正男《はやしだまさを》氏の論じているところである。(15)

ともあれ、旅人のその後のこうした歌文《かぶん》融合という趣向に対する執着は、奏上にいたらなかったという無念さとどう響きあっていたのであろうか。今の我々にはそれを知るすべもない。

注(1)鶴見良行『ナマコの眼』(筑摩書房　二五三ページ)
(2)藤原不比等の政治的手腕については、上田正昭『藤原不比等』(朝日新聞社)参照。
(3)旅人の帥着任の時期は、五味智英「大伴旅人序説」(『万葉集大成10』平凡社)参照。
(4)旅人周辺の歌稿の蒐集については拙稿「大伴宿祢旅人歌稿」(『岩手大学教育学部年報38巻』昭和52年12月)
(5)坂上郎女の歌稿蒐集については、拙稿「坂上郎女圏の歌と万葉集」(『万葉集研究』第12集、塙書房)参照。
(6)これを人麻呂の吉野行幸歌の伝統を受け継ぐものと見るのは川口常孝「大伴旅人の吉野讃歌」(『万葉集を学ぶ』第三集、有斐閣)をはじめ、横倉長恒「万葉集第三　三一五・三一六番歌の語るもの」(『長野県立短期大学紀要』43　昭和62年12月)など多くある。
(7)「み吉野の吉野の宮は」の句については、伊藤博「未逕奏上歌」(『万葉集の歌人と作品　下』(塙書房)は天武紀の童謡とつながりがあるかとする。
(8)「山からし」、「貴くあらし」などの句は、聖武天皇の天平十五年五月五日の内宴での御製に「そらみつ大和の国は神からし貴くあるらしこの舞ひ見れば」と見える。
(9)土屋文明『旅人と憶良』(創元社)
(10)清水克彦「旅人の宮廷儀礼歌」(『万葉』第37号　昭和35年10月)、後に『万葉論集』(桜楓社)。

(11) 中西進「清き河内―吉野歌の問題」(『万葉集の比較文学的研究』桜楓社)

(12) 「維山且維水　能智亦能仁」(『遊吉野宮』其一　中臣人足)、「縦歌臨水智　長嘯楽山仁」(『遊吉野川』藤原万里) などがそれである。

(13) 伊藤博　注(4)論文。

(14) 以上の仮説については拙稿「象の小川のさやけさ」(『日本文芸思潮論』桜楓社) 参照。

(15) 大浜厳比古「歌人誕生―吉野従駕応詔歌と報凶聞歌の持つ意義―」(『山辺道』10号 昭和39年1月)、伊藤博　注(6)論文、林田正男「旅人と満誓―巻三を中心に―」(『国語と国文学』昭和46年9月)

秀歌鑑賞

【1】

暮春の月に芳野《よしの》の離宮《とつみや》に幸《いでま》しし時に、中納言大伴 卿《おほとものまへつきみ》の 勅《みことのり》を 奉《うけたまは》りて作れる歌一首 并せて短歌、いまだ奏上を経ざる歌

み芳野の 吉野の宮は 山柄《から》し 貴くあらし 川柄し 清《さや》けくあらし 天地と 長く久しく 万代に 変らずあらむ 行幸《いでまし》の宮

反歌

昔見し象の小河を今見ればいよよ清《さや》けくなりにけるかも (巻三、三一五・三一六)

短歌に数かずの名歌を残した旅人の、われわれが見ることのできるたった一首の長歌《ちようか》であ

る。しかもほとんどの歌が大宰府赴任以後のものであるなかで、先立つものはこれ一首といってよい。いろいろな意味で貴重な作である。

さてその貴重な一首は、すこぶる漢詩仕立てである。題詞に「暮春の月」などと書き出すことからしてそうだが、すでに指摘されているように、後半の吉野の宮への祈願が「天地と長く久しく　万代に　変らずあらむ」と表現されるのは中国の思想である。

天長く地久しく、歳留らず。（張衡《ちようこう》『思玄賦《しげんのふ》』）

天長く地久し。天地のよく長くまた久しき所以《ゆゑん》は、その自《みづか》ら生きざるをもつてなり。（『老子《ろうし》』）

宮、商、角、徴、羽、これ真正の声なり。万代易らず。（『六韜《りくとう》』龍韜《りゆうとう》、五音《ごいん》）

のように見える。旅人は『懐風藻』に漢詩一首も残す作家だし、『万葉集』の歌も中国の教養にあふれている。この長歌もその一端で、中国で古来確認されてきた表現によって、旅人は天皇の離宮の永遠をことほいだのだった。

ただ、それを山や川の清らかさと並べるところ、借り物によってだけ叙述しているのではない。とくに反歌がそれをくり返すのは、山川の清なる風景が万代不易《ばんだいふえき》を保証するものとして、基本的に認められていたことを物語っていよう。

残念なことに、長歌は奏上されずじまいになったらしい。しかしこうして離宮をたたえること自体で、旅人は満足だったにちがいない。のちに大宰府でも、旅人はしきりに吉野の、とくに象の小川を恋しがる。

わが命も常《つね》にあらぬか昔見し象の小河を行きて見むため　(巻三、三三二)

吉野は旅人の心の原点だったのである。

第三章　大宰府時代

漢倭混淆の新文学

大伴宿禰旅人は神亀末年から天平初年にかけて、大宰帥として筑紫に下向していた。一方、筑前国守《ちくぜんこくしゅ》に山上臣《おみ》憶良が就任していた。この二人を中心に多くの歌を万葉集に残している。これを近代の短歌結社の呼称を便宜的に踏襲し、万葉集筑紫《つくし》歌壇《かだん》と呼称している(1)。

旅人は赴任後まもなく同伴した正妻の大伴郎女を失った。巻五の巻頭に、

大宰帥大伴卿、凶問に報ふる歌一首

禍故重畳し、凶問累集す。永《とこしへ》に崩心の悲しびを懐《むだ》く。独り断腸の泣を流す。ただし、両君の大き助けに依りて、傾ける命をわづかに継ぐのみ。筆《ふみて》の言を尽くさぬは、古《いにしへ》に今に嘆く所なり。

余能奈可波《よのなかは》　牟奈之伎母乃等《むなしきものと》　志流等伎子《しるときし》　伊与余麻須万須《いよよますます》　加奈之可利家理《かなしかりけり》

（巻五、七九三）

右の前文（原漢文）は書簡文である。短歌はカ・シの万葉仮名に変字法があり、同字を使用することを嫌う旅人の用字癖がみられる（『万葉表記論』稲岡耕二《いなおかこうじ》）。

書簡文の「凶問」は凶事の知らせ、問は聞の意。「禍故重畳し」は不幸な出来ごとが重なること。ここは旅人の正妻大伴郎女の死をはじめ親しい人たちの不幸な出来ごとを指すとみられる。その一つに、弟宿奈麻呂《すくなまろ》の死があったという説がある。(2) さらに宿奈麻呂に加えて、田形《たかた》皇女（坂上郎女の最初の夫穂積《ほづみ》皇子の妹）もそれと推定されている。(3)「両君」は誰々を指すか不明。

短歌の「世間は空し」は仏教語の「世間虚仮《せけんこけ》」（この世は仮の世でむなしいものだ）による。この仏教思想の無常の観念は、今まで旅人は単に知識として知っていた。しかしそれが都からの凶事の知らせや現実に妻を失ったなまなましい体験により、それをつくづく思い知らされたのである。「知る時し」の「し」の強意の助詞の使用は実体験として知ったことを強調し、その現実の認識が「いよよますます　悲しかりけり」という嘆きの声調としてにじみ出たのである。六十四歳の老長官大伴旅人は沈痛な悲しみをかみしめて「悲しかりけり」

と歌を結んでいる。窪田空穂《くぼたうつぼ》『評釈』は、「亡妻を悲しむ歌で、これ程気品を持ったものは稀《ま》れである」と述べ、旅人の人柄と歌才を高く評価している。

右の旅人の歌文は偶然にも新文芸を産みだす契機となった。つまり、序文（書簡文）プラス和歌という漢倭混淆《こんこう》の新しい文芸作品（注(1)の伊藤著）を次々に作成することになる。かかる意味で旅人の報凶問歌はその嚆矢《こうし》といえる。

一方、山上憶良は、この報凶問歌に刺激を受け、それに呼応《こおう》すると考えられる長大な日本挽歌群（巻五、七九四―七九九）を旅人に謹上した。(4) さらに憶良は独自に進展させた漢倭混淆の文芸作品をものする。それは序文プラス長歌・反歌よりなる嘉摩《かま》三部作（『山上憶良』中西進）（巻五、八〇〇―八〇五）と呼ばれる作品群である。

私はこれらの歌群を、前に述べたように、便宜的に万葉集筑紫歌壇と呼称している。歌壇の中心人物は大宰帥である大伴旅人である。同じ頃筑前国守に前述した山上憶良がいた。この両者の邂逅《かいこう》とその旺盛な作歌活動こそが筑紫歌壇の形成をみる原動力となった。

辰巳正明《たつみまさあき》氏(5)は、「旅人の仏教的無常（世間虚仮）の歌に触発されて作られた憶良の人間愛や苦をテーマとする作品は、まさに大宰府圏の文学の特質を表した作品だが、それは同時に万葉集そのものの新たな文学表現を形成する作品でもあったのである」と説く。高官の歌人大伴旅人を中心に筑紫で送迎の宴を含めた多くの歌の集《つど》いが行われ、多数の歌作を残している。

遠の朝廷での梅花宴

律令制のもとでは、今日九州と呼ばれる地域（西海道《さいかいどう》）の行政は大宰府が統轄した。万葉では「大君《おほきみ》の遠《とほ》の朝廷《みかど》」とも呼ばれた（巻三、三〇四　巻五、七九四　その他）。ここで天平二年（七三〇）正月十三日（太陽暦二月八日）、大宰帥大伴旅人の官邸において盛大に催されたのが梅花《うめのはな》の宴《うたげ》である。

集まる人々は帥《そち》大伴旅人をはじめ大弐《だいに》以下府の官人二十一名（笠沙弥《かさのさみ》を含む）、管内である九国三島の諸国からは、筑前国守山上憶良をはじめ国司《こくし》等十一名、計三十二名が名を連ねている。これだけ多数の人々による歌宴は、万葉をはじめ、上代の文献においては他に例をみない。しかも、中央の文芸的制約から離れて、大陸渡来の梅樹を遠の朝廷の官邸でめでつつ風流に遊ぶという文芸活動は、文学史の面からみても貴重な資料となる。

梅花の歌三十二首と序

天平二年正月十三日、帥老《そちのおきな》の宅に萃《あつ》まりて、宴会を申《の》ぶ。時に、初春の令月にして、気淑《よ》く風和ぐ。梅は鏡前の粉を披《ひら》く。蘭は珮後《はいご》の香を薫らす。加之《しかのみならず》、曙の嶺に雲移り、松は羅《うすもの》を掛けて蓋《きぬがさ》を傾く。夕の岫に霧結び、鳥は縠《うすきぬ》に封《こ》められて林に迷ふ。庭には新蝶舞ふ。空には故雁帰る。ここに、天を蓋にし、地を坐《しきゐ》にし、膝を促《ちかづ》け觴《さかづき》を飛ばす。言を一室の裏《うち》に忘る。衿《ころものくび》を煙霞《えんか》の外に開く。淡然《たんぜん》に自ら放《ほしきまま》にせり。快然に自ら足れり。もし翰苑《かんゑん》にあらずは、何を以てか情《こころ》を攄《の》べむ。請《ねが》はくは落梅の篇を紀《しる》せ。古《いにしへ》と今と夫れ何か異ならむ。宜しく園梅を賦《ふ》して、聊《いささ》かに短詠を成すべし（広瀬《ひろせ》本万葉集に「請」とあり、「詩」を「請」に訂す）。

正月《むつき》立ち　春の来らば　かくしこそ　梅を招《を》きつつ　楽しきをへめ　大貳紀卿
（巻五、八一五）

梅の花　今咲けるごと　散り過ぎず　我が家《へ》の園に　ありこせぬかも　少貳小野大夫
（巻五、八一六）

青柳《あおやなぎ》　梅との花を　折りかざし　飲みての後《のち》は　散りぬともよし　笠沙弥《かさのさみ》

我が園に　梅の花散る　ひさかたの　天《あめ》より雪の　流れ來るかも　主人《あろじ》（巻五、八二二）

（巻五、八二三）

右には短歌四首のみを挙げたが、三十二首は全部に「梅」が詠み込まれている（秀歌鑑賞、口語訳参照）。万葉では梅は一一二首、萩の一四〇首に次ぐ多数である。しかし「巻一、二の古い巻や巻十一乃至《ないし》十六の古歌謡や民謡を含む巻には一首もないといふ事は、この植物が舶来のものであって、まだ十分に国民になじまなかった事を示すものである」と『万葉集注釈《まんようしゅうちゅうしゃく》』が説くように、当時まだ一般的な花ではなく貴族的な文雅《ぶんが》の花であった。ちなみに、清少納言《せいしょうなごん》は「木の花は、濃きも薄きも紅梅」（『枕草子《まくらのそうし》』）と言っているが、梅花宴の梅は白梅である。紅梅は承和《じょうわ》十五年（八四八）正月二十一日『続日本後紀《しょくにほんこうき》』の記事が文献的には初見である。

序文の作者については旅人説・憶良説・某官人説などが提出されているが、確定的な結論が出たとはいえない。仮に序をまとめたのは旅人配下の書記官などで旅人の推敲《すいこう》をうけたとも考えられる。しかし「宜《よろ》しく園梅を賦して、聊《いささ》かに短詠を成すべし。」は、宴の主人旅人から列席の諸人《もろびと》に呼びかける体裁をとり、これに応じて各歌は詠物歌《えいぶつか》として歌作されている。つまり序文は旅人の作として諸人に機能しているのである。

序文は早く契沖《けいちゅう》の『万葉代匠記《まんようだいしょうき》』に中国の王羲之《おうぎし》の「蘭亭集序《らんていしゅうじょ》」を踏まえたものであることを指摘し、今は通説となっている。中西進氏(6)にも論があるが、次に蘭亭の序と梅花の序とを比較する。

(蘭亭の序)永和九年歳在二癸丑一、暮春之初、会二于山陰之蘭亭一、修二禊事一也。是日也、天朗気清、恵風和暢、……

(梅花の序)天平二年正月十三日、萃二于帥老之宅一、申二宴会一也。于レ時、初春令月、気淑風和、……

(蘭亭の序)悟二言一室之内一……快然自足。

(梅花の序)忘二言一室之裏一、……快然自足。

後の「言ヲ一室ノ内ニ悟ル」を忘ルに改め、「意ヲ得テ言ヲ忘ル」『荘子《そうじ》』の義とした(『全注』巻第五　井村哲夫《いむらてつお》)。「天を蓋にし地を坐にし」は『淮南子《えなんじ》』原道訓《げんどうくん》「以レ天為レ蓋、以レ地為レ輿」によるか。羲之は序の最後を「後之覧者、亦将レ有レ感二於斯文一」(後に覧る者もまた、この文に感ずるところあらむ）と結んでいる。これについて中西進氏（前掲書）は、つまりわが心境の理解者を後世に求めているのだが、とすると旅人が、当然この「後之覧者」たらんとしたことがわかる。旅人が蘭亭の序のまねをして序を書いたということは、何も文章を借りたのではなかった。隠逸《いんいつ》の心を羲之に合わせようとしたのであり、その暗示が文章の模倣だったのである。……たとえば日本琴の作品からも知られるように、端然と姿を崩《くず》さず、世俗を超越するのが旅人の常であった。その意味で王羲之は仰《あお》ぐべき先人であり、その蘭亭の詩会はまねるにまことにふさわしい韻事《いんじ》であった。旅人が梅花の歌会を催した理由は、ここにあった。

と説く。諸注は序の構成や語句について触れるが、肝心の「旅人はなぜ梅花の宴を催したか」については寡黙《かもく》である。その点、中西説はしたがうべき好論だと思う。

八一五の大弐紀　卿《きのまえつきみ》は紀朝臣男人《きのあそんおひと》。大弐は再任と考えられる。「梅を招く」は、梅花を賓《ひん》客《きやく》に見立てて寿《ほ》きを招き雅宴の永続を願う意がこめられており、開宴の冒頭歌にふさわしい祝言歌である。しかしこの歌は、琴歌譜《きんかふ》（片降《かたおろし》、「上代の歌謡などで本・末の両方に分かれて歌う場合に、一方を調子を下げて低く歌う意」）に「新《あらた》しき年の初めにかくしこそ千歳《ちとせ》をかねて楽しき終へめ」(『古今和歌集《こきんわかしゅう》』にも小異歌《しょういか》あり)とあり、当時伝誦《でんしょう》されていた歌と考えられる。この伝誦されていた歌をいささか句を改めて場に応じたのが、冒頭の紀卿の歌である。これは現代流にいえば明らかに剽窃《ひょうせつ》である。しかしこれは、「歌」というものが一種の共有財産であり、古歌を利用して今の心情を表現することは、上代人にとって教養の一つであった。(7)だとすれば、紀卿は琴歌譜にある歌を換骨奪胎《かんこつだったい》し、「梅花」を歌いこみ宴席歌《えんせきか》に仕立てたのである。つまり古歌《こか》を巧《たく》みに利用して場に応ずるという教養を示したことになる。

紀男人は養老五年正月、佐《さ》為《い》王・山上憶良らと共に東宮侍講《とうぐうじこう》となっている。また『懐風藻』に詩三首を載せる。そのうち二首は吉野を詠んだ神仙的な漢詩である(七二・七三、大系本番号)。男人は旅人の梅花宴の趣向を理解していた一人と思われる。

八一六の小野大夫《たいふ》は小野朝臣老《おののあそんおゆ》である。「我が家の園」は、作者自身の家と解《かい》しては「宜しく園梅を賦して」とある宴席歌にふさわしくない。これは「一同われらの詩の園(8)」と旅人の官邸と解すべきだろう。前歌を承けて、園の梅の不変をうたった歌。

あをによし　奈良の都は　咲く花の　にほふがごとく　今盛りなり　(巻三、三二八)

「にほふ」は色美しく映《は》えること。右の小野老の歌は奈良の都を讃美した歌として著名であるが、大宰府で詠まれたものである。

八二一は造《みやつこ》筑紫《つくし》観世音寺《かんぜおんじ》別当《べっとう》の歌で俗姓は笠朝臣麿《かさのあそんまろ》（笠沙弥、沙弥満誓《まんせい》）といった。「折りかざし」はカミサシ（髪挿）の転。梅の枝を髪に挿《さ》すこと。風流のしぐさである。「飲みての後は　散りぬともよし」は強い男性的表現である。梅花宴の歌は、集中の一般の宴歌《えんか》と異なり主人への挨拶《あいさつ》、儀礼の趣《おもむき》の一向にない歌群は珍しい、という指摘があるが[9]、これは「蘭亭集序」と「梅花宴序」にある「淡然に自ら放し、快然に自ら足りぬ」とある詩序の命題に応じた詠物歌であるからである。

八二二は主人の大伴旅人の歌。「ひさかたの」は、天の枕詞《まくらことば》。「流る」は、雪・雨・花などが降って来ることをいう。梅の花を雪とみる趣向は、中国の漢詩に例が多く、また旅人の『懐風藻』（四四）の漢詩にもみられる表現である。中西進氏[10]は、「単に漢詩的表現をまねたというそのこと自身ではない。『ひさかたの』という表現を用いることによって天空は無限の広がりをもち、まさに雪の乱れ来る空にふさわしい。次々とどこからともなく生まれて来る雪片をひめて、雪空は無限だからである。……なお、『流れ来る』ということばづかいの中に、いかにも旅人的な情調の流動を見せている」と評している。この評のように三句に

「ひさかたの」という和歌表現を用いることによって、天空に無限の広がりをもたせている。それにより一首の歌柄《うたがら》を大きくし、その天空から「雪の流れくる」といかにも流動感にあふれたおおらかな情調を示した歌となっている。これは漢詩文の教養を生かした和歌表現であって、旅人の文人的、知識人的な風雅の趣を示したものである。この歌は二句ではっきりと「梅の花散る」といいきっている。また三十二首の中に旅人歌を含めて「散る」を詠んだ歌が十二首（巻五、八一六・八二一・八二三・八二四・八二九・八三八・八三九・八四一・八四二・八四四・八四五）ある。太陽暦の二月八日では散るのは早いという意見もあるが、やはり辰巳正明氏(11)、中西進氏の説のように、中国の楽府《がふ》詩《し》「梅花落《ばいからく》」（辺境の望郷詩）をまねたとみるべきであろう。

私は旅人七十余首の短歌の中から秀歌三首を選ぶとすれば、前の報凶問歌（巻五、七九三）、梅花歌（巻五、八二二）と次の、いかにも名門大伴氏の氏上であり大宰帥らしいおおらかさをもって、解放的に目下の者に呼びかけた次の歌を挙げる。

いざ子ども　香椎の潟《かた》に　白たへの　袖さへ濡《ぬ》れて　朝菜《あさな》（ナは海藻）採《つ》みてむ

（巻六、九五七）

酔い泣きと賢良批判

大伴旅人と神仙《しんせん》思想といえば誰でもが巻三の讃酒歌《さんしゅか》（三三八―三五〇）、巻五の松浦河の序文と歌（八五三―八六〇）、梧桐日本琴《ごとうのやまとこと》の書簡文と歌（八一〇―八一一）などを思い浮かべることであろう。本稿ではこれらの作品にも触れることにする。

大宰帥大伴卿《だざいのそちおほとものまへつきみ》、酒を讃《ほ》むる歌十三首

(1)験《しるし》なき　ものを思《も》はずは　一坏《ひとつき》の　濁《にご》れる酒を　飲むべくあるらし　（巻三、三三八）
(2)酒の名を　聖《ひじり》と負《おほ》せし　古《いにしへ》の　大き聖の　言《こと》のよろしさ　（巻三、三三九）
(3)古《いにしへ》の　七《なな》の賢《さか》しき　人たちも　欲《ほ》りせしものは　酒にしあるらし　（巻三、三四〇）
(4)賢《さか》しみと　もの言ふよりは　酒飲みて　酔《ゑひ》泣きするし　優《まさ》りてあるらし　（巻三、三四一）
(5)言はむすべ　せむすべ知らず　極《きは》まりて　貴《たふと》きものは　酒にしあるらし　（巻三、三四二）
(6)なかなかに　人とあらずは　酒壺《さかつぼ》に　なりにてしかも　酒に染《し》みなむ　（巻三、三四三）
(7)あな醜《みにく》　賢《さかし》らをすと　酒飲まぬ　人をよく見ば　猿にかも似む　（巻三、三四四）
(8)価《あたひ》なき　宝といふとも　一坏《ひとつき》の　濁れる酒に　あにまさめやも　（巻三、三四五）
(9)夜光《よるひか》る　玉といふとも　酒飲みて　心をやるに　あに及《し》かめやも　（巻三、三四六）

⑽世の中の　遊びの道に　楽《たの》しきは　酔《ゑひ》泣きするに　あるべかるらし　（巻三、三四七）

⑾この世《よ》にし　楽しくあらば　来《こ》む世には　虫にも鳥にも　我はなりなむ　（巻三、三四八）

⑿生けるもの　遂《つひ》にも死ぬる　ものにあれば　この世なるまは　楽しくをあらな　（巻三、三四九）

⒀黙《もだ》居《を》りて　賢《さかし》らするは　酒飲みて　酔《ゑひ》泣きするに　なほ及《し》かずけり　（巻三、三五〇）

右の讃酒歌十三首とその出典については、契沖『万葉代匠記』以下諸注も詳しく触れている。したがって、典拠の通説化しているものについては文献名は挙げない（以下本稿はこれによる）。

　十三首全体の構成について、『集成本』は⑴338⑷341⑺344⑽347⒀350が柱となり、その間にある二首ずつが一組をなす構造になっていると説く[12]。これは従うべき構成論と思われる。

⑴⑻の「濁れる酒」はいわゆる「どぶろく」であるが、当時は清酒《せいしゅ》も既に醸造されていた。「須弥酒《すみさけ》」（飛鳥板蓋宮址《あすかいたぶきのみやあと》出土木簡）、「清酒五升、濁酒六斗五升」（『四時祭式《しじさいしき》』上）。

冒頭に濁酒をもちだしたのは次の歌に中国の故事を踏まえること。さらに村田正博《むらたまさひろ》氏の説によれば、『文選』にでる「濁酒」が隠士《いんし》の風貌を彷彿《ほうふつ》させることから、そういう漢詩文の隠士の世界をも呼び込もうとしたと説く。(13) 讃酒歌は中国の老荘的な自由の思想に憧《あこが》れる気持で詠まれていることから村田説は認められる。(1)は十三首の序論をなす歌。

(2)「酒の名を聖と負せし」は、『魏志《ぎし》』徐邈伝《じょばくでん》に、大祖《たいそ》の禁酒令に対して酔客は清酒を聖人、濁酒を賢人と呼んだ故事を踏まえ前歌の主張を裏付けようとしている。

(3)「古の七の賢しき」は『世説新語《せせつしんご》』(任誕篇《にんたんへん》)に、晋《しん》の阮籍《げんせき》・嵆康《けいこう》・山濤《さんとう》・劉伶《りゅうれい》・阮《げん》咸《かん》・向秀《しょうしゅう》・王戎《おうじゅう》の七人の隠士が酒を飲みながら琴を弾じ、清談にふけったことをさす。『芸文類聚《げいもんるいじゅう》』(魏略酒)には「大祖酒ヲ禁ズ。而ルニ人竊カニコレヲ飲ム。故ニ酒ト言フコトヲ難ミシ、白酒ヲ以テ賢者ト為シ、清酒ヲ聖人ト為ス」とある。

(4)賢《さか》しみを否定し、酔泣《えいな》きを肯定した歌。後の(10)(13)にも用い酔泣きを賞讃している。「酔泣き」はいわゆる泣き上戸のこと。泣き上戸の酔人でも「利口ぶる。賢《かし》こぶる」人よりもまだましらしい、というのである。

(5)「極まりて貴き」は、巻五の憶良作の「沈痾自哀文」に「生ノ極貴、命ノ至重」とある。「極貴」漢語の訓読語。

(6)『琱玉集《ちょうぎょくしゅう》』嗜酒篇《ししゅへん》に、酒好きの呉《ご》の鄭泉《ていせん》は、数百年の後自分の死体が土と化したら酒壺に作り、窯《かま》の側《そば》に埋めよと遺言したという故事による。(4)の「賢しみ」と同じく、ここでも「分別くさい」人間を否定している。

(7)賢らの人を小賢《こざか》しい猿に見なして嘲弄《ちようろう》している。この歌の「賢良」と(13)の「賢良」は、字面《じづら》の上では形容詞の「賢《さかし》」に接尾語「ら」の結合したもの。しかし契沖『万葉代匠記』（精撰本）にもう一説を挙げる。「賢良方正」（賢にして良、方にして正）の意。この漢語の意をも含むものと辰巳正明氏(14)・村田正博氏（前掲書）はみる。『史記《しき》』（平準書）「是の時に当りて、方正・賢良・文学の士を招尊し、或は公卿大夫に至る」とある。「賢良方正」とは、中国の隋《ずい》代に始まる、いわゆる「科挙《かきよ》」の制度、つまり官吏登用試験（考試）に他ならない。「賢良」とは儒教の思想を以《も》って、仁政（徳政）を達成するための政治的重要性を帯《お》びた賢人・儒者の推挙の制であった。ちなみにわが国では神亀五年「この年、初めて進士《しんし》の試験を行う」（『扶桑略記《ふそうりやくき》』）とある。「賢良」は、二重の計算の上に立って選ばれた用字であり、「賢」はサカシ、「良」はラを表記する用字でありつつ、同時に漢語「賢良」を連想させるように仕組まれたのが、この「賢良」であると説く（辰巳・村田論）。

儒教的な徳を否定し、濁酒を貴しとする讃酒歌は中国の故事に身をよせる。そして老荘的な隠逸な自由の思想に憧れる気持を詠んでいる。また漢語・仏典語・翻訳語を造語したものも多い。こうした傾向からみて、「賢良」も二重の意をもって選ばれた語句であるとみるべきである。

「賢良」は中国文学的教養の持主の間では共通に理解できた表記であったとみられる。讃酒歌十三首に、もし後人《こうじん》の手が加わったとしても漢語は書き替えないだろう（モの甲乙などは書き替えても）。讃酒歌の享受者は律令官人もしくはそれに準ずる人物であることを忘れてはならない。

この歌を十三首の中心の位置におき、しかも初句《しょく》切《ぎ》れとしたのは享受者に強く印象づけようとする作者の意図があったからである。

(8)「価なき宝といふとも」は仏典に例が多い。『法華経《ほけきょう》』（巻四）五百弟子受記品第八「無《む》価宝珠《げのほうじゅ》」もその一例。無上の仏法を貴い珠《たま》に譬《たと》えた語句であるが、その仏法の教えにもまして酒こそ無上の宝だという。

(9)「夜光る玉」は『文選』をはじめ漢籍に多く見られる夜光の玉。具体的に夜光珠《やこうじゅ》を挙げ飲酒のもたらす境地には及ばない、という。

⑽「世の中」は仏語の「世間《せけん》」の訓読語。仏教思想を否定し、酔い泣き、が一番の遊びだと賞讃した歌。この作まで「らし」を五首も用いている。

⑾原文「吾羽」の「羽」は上句の「虫・鳥」を意識して羽を用いた。前歌の酔い泣きを受けて、仏教にいう「飲酒戒《おんじゆかい》」を破っても現世享楽（飲酒）がよいと詠んだもの。

⑿、⑽⑾を承けて、世間無常の仏説を逆手に取り、現世享楽の方が好いという。

⒀賢らと酔い泣きを対にして、酔泣（三回）を賞讃すべきことを確認し（なほしかずけり）、十三首の総まとめとした歌。

讃酒歌十三首の構造について、伊藤博氏⒂は

三三八から三四一に至り、その三四一を経て三四七に至るまでは、推量の助動詞もしくは疑問の助詞を用いて、事を婉曲《えんきよく》に叙して来たのであるが、結びの三五〇に至っては、いわゆる回想（過去の詠嘆）の助動詞ケリを用いて、まさしくけりをつけているのである。このケリに関連してナホの語も注意すべく、ナホ……ケリは、客観的な姿勢を取って熟慮反省して来たことの結果、つまり、文脈的には、前十二首の抒情《じよじよう》の帰趨《きすう》と

して存在する表現である。この十三首に、何かしらよそごとのような感じを与える「らし」の語がしきりにあらわれること、しかも、それが、前半に集中的に使用されていることも、熟慮反省からナホシカズケリの終着へと流れる展開と無縁ではないはずである。三五〇の一首は、十三首中、この位置以外のどこにもすわることの許されない歌なのであり、作者旅人の慎重な配慮を経過しての存在であることが確かである。

右の伊藤博氏の論は間然する所がない従うべき論考であると思われる。題詞に「大宰帥大伴卿、酒を讃むる歌十三首」とあるので旅人が大宰府で詠んだことは確かである。それではこの作品群は誰かに披露されたか。披露されたものであれば、その場や享受者は誰かということになる。伊藤氏は讃酒歌の前に歌を載せる、小野老・大伴四綱《よつな》・山上憶良と次に歌を載せる沙弥満誓の四人を挙げてこの歌群の享受者に推定している。

ただしこの推定は今一つ決定的でない。というのは讃酒歌の前の歌は、著名な憶良の歌である。

山上憶良臣、宴を罷る歌一首

憶良らは　今は罷らむ　子泣くらむ　それその母も　我を待つらむそ　（巻三、三三七）

題詞に「宴を罷る」とある。マカルは退き去るの謙譲体で、尊い所を退出する。ここは旅人主催の宴から退出すること。これについて、西宮一民《にしみやかずたみ》(16)氏は、

注釈は、憶良壮年の日の作で、大宰府で宴飲《えんいん》の集いがしばしば催されるにつけて、「また山上長官の罷宴歌を謡はうぢやないか」というようなことになった、と臆測しているが、その見方が正しいと言うべきである。繰返し言うが、この歌の戯笑性《ぎしょう》によって、「お開き」の歌代わりに歌われていたと見るべきで、酒宴に対する反発だとか、中座の挨拶だと見てはならない。

右の憶良壮年の作か否かはおくとしても、「らむ」の音を三度もくり返しているが、これは誦詠に適している。さて、宴の「お開き」「中座」いずれにしても宴を退席したことに変わりない。だとすれば、その後に載せる讃酒歌を披露した相手とみることとは矛盾する。もっとも宴席では披露されたが、讃酒歌は十三首と多いので一括して後方に収載したとも考えられないこともないが、今一つ苦しい。

伊藤氏の説のなかに沙弥満誓を享受者の一人とみることは確かで動かないであろう。

旅人の讃酒歌の次に、

沙弥満誓の歌一首

世間《よのなか》を　何に喩《たと》へむ　朝開き　漕ぎ去《こ》にし《い》舟の　跡なきごとし　（巻三、三五一）

とある。伊藤氏は右の歌について

「世間」の語は、「讃酒歌」の末尾三四七の歌に「世間の遊びの道に云々」と見え、同類の語は、三四八・三四九に「この世」という用法で見えている。内容も、「この世なる間は楽しくあらな」「この世にし楽しくあらば来む世には云々」というのは、「漕ぎ去にし船の跡なき如」きものが「世間」であるとの無常を誘発する要素を持っているのである。一首は、「讃酒歌」の結末、すくなくとも、「讃酒歌」が基調とする寂寥《せきりょう》と哀調に照応するといってよい。

満誓の歌は、「讃酒歌」を披露せられたが故《ゆえ》に形成されたもので、「讃酒歌」を前提とし下地とする作に相違ないと思う。

右の満誓の歌は古来、仏教的無常観を詠んだ歌として著名である。それが讃酒歌の直後に位置すること。旅人と満誓は親しい関係にあった(17)（梅花宴　巻五、八二一　旅人との贈答　巻四、五七二―五七五）。さらに伊藤説のように、「世間」の語の使用と一首の歌の内容からみて伊藤説は肯定さるべきである。

中西進氏[18]は、「旅人は老荘思想に共鳴して十三首を作ったのではない。酒が交友の具であったゆえに、友をいざなうべき風雅の世界として酒の世界を展開させたのである。」と説くが、旅人には「友」を詠んだ歌が二首ある。

君がため　醸《か》みし待ち酒　夜須の野に　ひとりや飲まむ　友なしにして　（巻四、五五五）

草香江の　入江にあさる　葦鶴《あしたづ》は　あなたづたづし　友なしにして　（巻四、五七五）

万葉には「友なしにして」は旅人のこの二例のみである。前の歌は大弐丹比県守《たじひのあがたもり》の民部《みんぶ》卿《きょう》に遷任するのに旅人が贈った歌。カムは古くは蒸《む》した米を嚙《か》んで酒を造った。酒を醸造したことをいう。「待酒」は接待用の酒。県守は養老五年正四位上に進んでいるので、官位の上からも友と呼ぶにふさわしい人物である。ちなみに彼は『懐風藻』に神仙的な吉野の詩二首（九九・一〇〇）を載せている。

後の歌は当面問題としている沙弥満誓に旅人が贈った歌である。タヅタヅシは、頼りない、心もとない、の意。満誓は俗名を笠朝臣麿といい、慶雲元年（七〇四）に従五位下、美《み》濃守《ののかみ》となり、同二年九月善政を賞され、また同七年閏二月吉蘇《きそ》道開通の功績を賞されている。さらに養老元年（七一七）の多度山《たどやま》の美泉への行幸に際して国守として従四位上を授けられた。ここで留意すべきは、美泉（醴泉）の瑞兆《ずいちょう》は神仙思想と大いに関係があるということである。同三年七月尾張《おわり》・参河《みかわ》・信濃《しなの》の按察使《あんさつし》となる。同四年右大弁《うだいべん》となったが、翌年元明天皇の病気平癒《へいゆ》を祈願し出家し、満誓と号した。同七年二月造筑紫観世音寺別当となる。天平二年正月の梅花宴にも出席し歌を作っている（巻五、八二一）。賓客《ひんきゃく》として遇され主人旅人の前に歌を載せている。筑紫で詠じた短歌計七首を残す。満誓は旅人に友と呼ばれるにふさわしい人物であり、讃酒歌の享受者の一人とみる伊藤説は確実に当を得たものである。

次に讃酒歌だけに見られ、他の作者に見られない用語の「孤語」[19]を示す。[20]

(1)「一坏」「濁れる酒」。(2)「聖」「よろしさ」。(3)「七の賢しき人」。(4)「酔泣き」。(5)「極まりて」。(6)「酒壺」「酒に染みなむ」。(7)「あな醜」「猿」。(8)「価なき宝」「あにまさめやも」。(9)「夜光る玉」「あにしかめやも」。(10)「遊びの道」。(11)「虫」（夏虫、高橋虫麻呂歌集巻九、一八〇七のみ）。計十六。

右によれば計十六の孤語がみられる。このひとことを取っても讃酒歌が特異な歌群であることを示している。

松浦の仙女との贈答

巻五の松浦川に遊ぶ序と歌群にはその作者について異論がある。『万葉集私注』は序文と歌も憶良の作とみる。ただし諸論は序文とその歌群に旅人が関連するとみることには異論はないようである（全体を旅人作とみることには異論もある）。

松浦河に遊ぶ序

余《やつかれ》、暫《たまさか》に松浦の県《あがた》に往《ゆ》きて逍遥《せうえう》し、聊《いささ》かに玉島の潭《ふち》に臨みて遊覧するに、忽《ゆくりなく》も魚を釣る女子等《をとめら》に値《あ》へり。花の容《かほ》双《なら》びなく、光《て》れる儀《すがた》匹《たぐひ》なし。柳の葉を眉《まよ》の中に開き、桃の花を頬《つら》の上に発《ひら》く。意気《いき》雲を凌《しの》ぎ、風流世に絶《すぐ》れたり。僕《やつかれ》問ひて曰《いは》く、「誰《た》が郷《さと》誰《た》が家の児等《こら》ぞ。若疑神仙《けだししんせん》ならむか」といふ。娘等《をとめら》皆咲《ゑ》み答へて曰く、「児等《われ》は漁夫《あま》の舎《いへ》の児、草の庵《いほ》の微《いや》しき者なり。郷も無く家も無し。何ぞ称《なの》り云ふに足らむ。ただ性《ひととなり》水に便《なら》ひ、また心山を楽しぶ。或は洛浦に臨《のぞ》みて徒《いたづ》らに玉魚を羨《とも》しぶ。乍《あるい》は巫峡《ふかふ》に臥して空しく煙霞《えんか》を望む。今邂逅《たまさか》に貴客《うまひと》に相遇《あ》へり。感応《かんおう》に勝《あ》へず、輙《すなは》ち欸曲《くわんきよく》を陳《の》ぶ。而今而後《いまよりのち》、豈偕老《あにかいらう》にあらずあるべけむ」

といふ。下官對《やつかれこた》へ曰《いは》く、「唯々《をを》、敬《つつし》みて芳命を奉《うけたま》はらむ」といふ。時に、日は山の西に落ち、驪馬《りばい》去なむとす。遂に懐抱《くわいはう》を申《の》べ、因《よ》りて詠歌を贈りて曰く、

あさりする　漁夫《あま》の子どもと　人は言へど　見るに知らえぬ　貴人《うまひと》の子と　（巻五、八五三）

答ふる詩《うた》に曰《いは》く

玉島の　この川上に　家はあれど　君をやさしみ　表《あらは》さずありき　（巻五、八五四）

蓬客《ほうかく》等、更に贈る歌三首

松浦川　川の瀬光り　鮎釣ると　立たせる妹《いも》が　裳《も》の裾《すそ》濡れぬ　（巻五、八五五）

松浦《まつら》なる　玉島川に　鮎釣ると　立たせる子らが　家路《いへぢ》知らずも　（巻五、八五六）

遠つ人　松浦の川に　若鮎《わかゆ》釣る　妹が手本《たもと》を　我こそまかめ　（巻五、八五七）

娘等《をとめら》、更に報《こた》ふる歌三首

若鮎《わかゆ》釣る　松浦《まつら》の川の　川なみの　なみにし思《も》はば　我恋ひめやも　（巻五、八五八）

春されば　我家《わぎへ》の里の　川門《かはと》には　鮎子《あゆこ》さ走る　君待ちがてに　（巻五、八五九）

松浦川《まつらがは》　七瀬の淀《よど》は　淀むとも　我は淀まず　君をし待たむ　（巻五、八六〇）

後《のち》の人、追ひて和《なそ》ふる詩《うた》三首　帥老《そちのおきな》

松浦川　川の瀬速み　紅《くれなゐ》の　裳《も》の裾濡れて　鮎か釣るらむ　（巻五、八六一）

人皆の　見らむ松浦《まつら》の　玉島を　見ずてや我は　恋ひつつ居《を》らむ　（巻五、八六二）

松浦川　玉島の浦に　若鮎釣る　妹らを見らむ　人のともしさ　（巻五、八六三）

右の序文と歌群の作者については論も多い。この序と歌群は作者名を記さないので、作品の帰属をめぐっての論文も多く発表されている。

松浦川を逍遥する旅人《たびびと》が松浦川で鮎《あゆ》を釣る娘子《をとめ》（うまひとの子）に心をひかれ、歌を贈答し、終《つい》に結婚しようとまでにいたる両者の抒情を詠じている。貴族（貴客《うまひと》）らしき旅人《たびびと》と、赤裳《あかも》の裾をなびかせた仙女をにおわせる松浦の美女。背景は、仙境に見立てられた景勝の地松浦川の七瀬の淀。これはまるで幻想をはらむ歌劇の世界を思わせる（秀歌鑑賞、口語訳参照）。

松浦川に遊ぶ序と歌群については前稿で考察した。(21) したがって重複するところがあるが、結論を端的に示すことにする。

「後の人の追和する詩三首　帥老」の三首は、松浦逍遥に参加できなかった人が後で追和《ついわ》した形の歌。「追和」と「帥老」については後に触れることにし、まず歌群の対応についてみることにする。渡瀬昌忠《わたせまさただ》氏(22)は、この歌群は対座して唱和《しょうわ》されたものと考え、次のような対応があると説く。(イ)波紋形の対応。(ロ)流水形の対応。

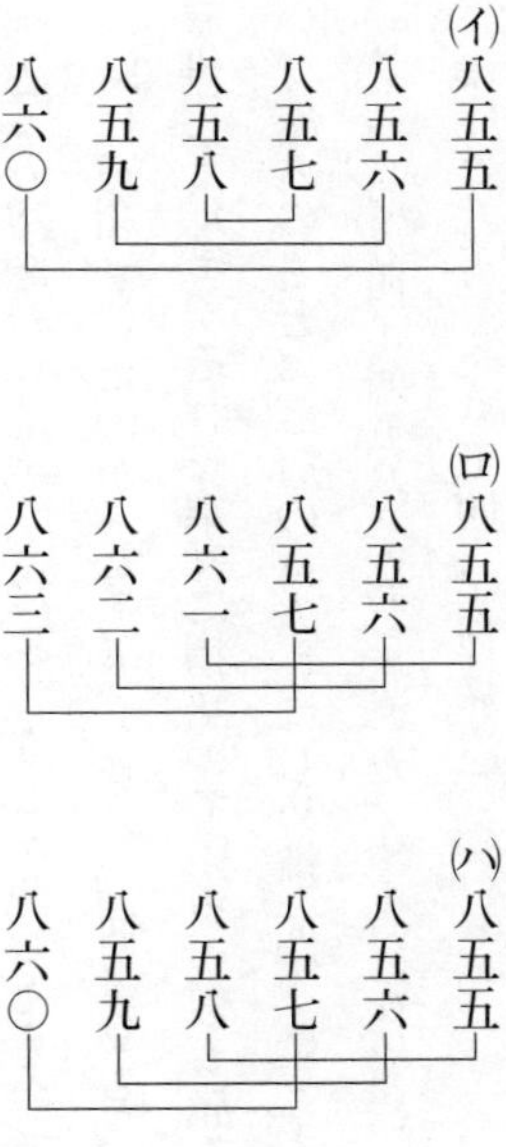

右の(イ)(ロ)は対座した人びとが唱和し対応するように歌いつがれたという興味深い指摘である。(ハ)は筆者の説で、このような対応も考えられる。

梅花宴（巻五、八一五―八四六）の序文には「帥老之宅」。巻六・九六二の左注「饗二于帥家一」、巻八・一五二三左注「帥家作」、巻八・一五二六左注「帥家集會」と記す。しかし、いずれも「宅」「家」とその行事の行われた場所を示すものである。したがって、松浦川の追和歌の場合も追和された場所を示すものと解される。つまり「之宅」「之家」などの文字が脱したものとみるべきである。一連の作の主人公は「蓬客等」と「娘等」である。ここでは意識的に作者を韜晦《とうかい》しようとしているのに個人の名を示す「帥老」の注記があるのは、何といっても不審である。ここは「帥老之宅」「帥老之家」などのように注記してあったとみるべきである。万葉には「某宅」「某家」「某館」などと表記した宴席などの歌は多くある。(23)「帥老」の注記が「之宅」「之家」などが脱したものであれば、帥老の邸宅で宴が開かれ、その時に追和されたのが三首の歌となる。何よりも三首歌の内容が(蓬客の三首に照応させて追和している)、それを雄弁に物語っている。何も旅人・憶良に必要以上に拘泥《こうでい》しなくてもよい。旅人のもとには府の官人をはじめ傔従《けんじゅう》等(巻十七、三八九〇―三八九九)や資人余《よのみょう》明軍《ぐん》(巻三、四五四―四五八)などもいた。筆者は作者について、今は次のように考える。

漢序と八五三・八五四(大伴旅人)
蓬客等更贈歌三首(松浦逍遥に参加した別人)
娘等更報歌三首(松浦逍遥に参加した別人)
後人追和之詩三首(参加出来なかった別人、帥老宅で追和)

というふうに旅人の主催する雅宴《がえん》で披露されたとみる。右は用字法の面からも支持されている（稲岡耕二『万葉表記論』三五九頁）。それは旅人を中心とした大宰府官人の諸人の共作で、前に示した(イ)(ロ)(ハ)の形の対応によって誦詠されたと考えられる。松浦逍遥に参加するしないは別にしても、少なくとも形式的には右のような様式をとる宴席歌である。

松浦川は佐賀県東松浦《ひがしまつうら》郡の玉島川《たましまがわ》で、今の松浦川とは違う。同県唐津《からつ》市七山《ななやま》の浮岳《うきだけ》南方から鮎返《あゆがえ》りという勢いの激しい流れを経て、同市浜玉《はまたま》町南山《みなみやま》の玉島《たましま》神社をすぎて、同町浜《はま》崎《さき》で唐津湾にそそぐ。

序および歌は、『遊仙窟《ゆうせんくつ》』や『文選』の情賦《じょうふ》群などを模倣し、玉島遊覧を下地においた虚構の文芸作品である。松浦の地（唐津）一帯は日本本土の対大陸交渉の前進基地であることもこの作品群に関係している。

序文の「魚を釣る女子等」は、神功《じんぐう》皇后が四月上旬にこの地で鮎を釣ったという故事を踏まえた表現。それ以後そのころになると土地の女たちは鮎を釣ることが習わしとなり今に絶えないとある（神功前紀）。「花の容双びなく……」以下四句は『遊仙窟』に「眉間《びかん》ニ月出デテ夜ヲ争フが疑《ごと》ク、頬《けふ》上ニ花開キテ春ヲ闘《いそ》フニ以タリ」、「眉《び》上ニハ冬天ニ柳ヲ出ダシ、頬中ニハ旱《かん》地ニ蓮ヲ生ズ」など類同の表現に学んだものであろう。「僕、問ひて……」は『遊仙窟』に「余問ヒテ曰ク、此ハ誰ガ家舎《いへ》ゾ。女子答ヘテ曰ク」とある。「余・僕・下官」の三通の呼称も同じ。「性水に便ひ……」は『論語《ろんご》』雍也篇《ようやへん》の「知者ハ水ヲ楽シビ、仁者ハ山ヲ楽シブ」による。旅人にも「山」「水」(雍也篇)を踏まえて吉野の離宮をほめた対句表現の讃歌がある(巻三、三一五)。「洛浦」『文選』洛神賦《らくしんのふ》の洛川《らくせん》、ここは玉島川。「巫峡」は同じく高唐賦《こうとうふ》に見える巫山《ふざん》という名の神仙峡。洛浦とともに玉島峡を神仙境に見立てたもの。洛水の神女《しんにょ》、巫山の神女はともに『遊仙窟』にもみられる。「驪馬《りば》」は純黒毛の馬。ここは主人公の乗る馬。洛神賦に「日既ニ西ニ傾キ、車殆《あやぶ》ク馬煩《なづ》ム」とある。

以上『文選』や『遊仙窟』などからその典拠を挙げた。しかし、これは参考にしたというより、模倣したというのが適当だろう。

ただ次の点は高く評価さるべきである。漢序は『遊仙窟』や『文選』の情賦群などに出典を依存し、故事に身を寄せている。故《ゆえ》に叙事的であり、具体的抒情や情景は欠如している。一方、短歌群は神功伝説(鮎釣)を踏まえ、ないしは柘枝《つみのえ》伝説などに暗示を受けて、抒情的で情と景に大きくかかわっている。この序文の叙事と歌群の抒情とが一体となった新しい文芸作品を作りあげている。この漢倭混淆の新文学は筑紫歌壇以前にはみられないものである。

旅人の文学観ないしは文人的気質が、魏晋の貴族官僚の文学意識に近いものであることを波戸岡旭《はとおかあきら》氏が指摘する。(24)そして、「要するに「遊於松浦河」にしても『懐風藻』の吉野詩にしても、実は神仙譚《しんせんたん》によってかもし出される超俗的な清浄感と、幻想的な浪漫性を追求している。」とみる説に結論的に同意する。

巻五には旅人と都の藤原房前と〔が〕贈答した、書状と歌（巻五、八一〇・八一一）を載せている。そこでは、『文選』嵆康《けいこう》の琴賦、『荘子』山木篇《さんぼくへん》や「知音《ちいん》」の故事を踏まえ、その構想は『遊仙窟』の娘子と下官《げかん》との関係に負う虚構の物語の書状をものしている。ここでは作品を挙げることを割愛する（口語訳参照）。

前にみた巻五の梅花宴の歌群には、後で追加した「員外故郷を思ふ歌両首」（八四七・八四八）と「後に梅の歌に追和する四首」（八四九―八五二）の歌がある。前者の歌は、

員外、故郷を思ふ歌両首

我が盛り　いたくくたちぬ　雲に飛ぶ　薬食《は》むとも　またをちめやも　（巻五、八四七）

雲に飛ぶ　薬食《は》むよは　都見ば　いやしき我が身　またをちぬべし　（巻五、八四八）
右の二首の作者については諸説があるが、旅人作とみる説が有力である。
我が盛り　またをちめやも　ほとほとに　奈良の都を　見ずかなりなむ　（巻三、三三一）
『万葉集注釈』は、「員外二首と右の歌を比べて見れば、二首が旅人の作であることは十分に認められる」としている。
井村哲夫氏(25)は、
二首は、後の「後に追和ふる梅の歌四首」（八四九―八五二）や梅浦河に遊ぶ歌（八五三―八六三）と共に、梅花宴歌三十二首に添えて、都の友人吉田《きちだの》〔きちた、きのた、よしだとも〕宜《よろし》に送られたものである。一々《いちいち》署名が無いのも作者旅人のもとに一括された稿であったからである。送った相手の宜が医者であり、方士《ほうし》として名のあった人（家伝下）であるのによって「雲に飛ぶ薬」という発想もあったのであろう。
と説く。巻五に載せる吉田宜の返書の内容からみても、したがうべき論である。
「雲に飛ぶ薬食む」は、飲めば天空を自在に飛行することができるという仙薬《せんやく》。『抱朴子《ほうぼくし》』金丹篇《きんたんへん》、仙薬篇に種類や製法を種々説いている。『芸文類聚《げいもんるいじゅう》・月』に姮娥《こうが》が西王母《せいおうぼ》の不死の仙薬を盗んで月の世界に走ったという話を載せるのは著名である。

「をつ」は若返る意の上二段の動詞。「変若《をち》ましにけり」（巻四、六五〇）、「老人《おいびと》の変若《をつ》といふ水」（巻六、一〇三四）のようにヲツ「変若」の二字を当てるのが多い。

吉田宜は医者で方士「家伝下」としても著名であったから、旅人は前の二首のような神仙的な趣の歌を添えたのである。

旅人の帥在任中の望郷歌《ぼうきようか》には、紙面の都合で触れることが出来ないので、旧国歌大観《こつかたいかん》番号を示す。（巻三、三三一―三三五）、（巻五、八〇六・八〇七）、（巻六、九六〇）、（巻八、一六三九）。

注（1）伊藤博『万葉集の表現と方法・上』。伊藤は漢倭混淆の新文学と呼んでいる。
小島憲之『上代日本文学と中国文学・中』
林田正男「万葉集筑紫歌壇」『筑紫万葉の世界』林田正男編
（2）橋本達雄「坂上郎女のこと一二」『跡見学園女子大学国文学科報』（昭和四九年三月）
（3）佐藤美知子「『万葉集』巻五の冒頭部について―旅人・憶良の歌文」『大谷女子大国文』第五号

(4) 村山出「報凶問歌と日本挽歌」『筑紫万葉の世界』林田正男編
(5) 辰巳正明『万葉集と中国文学』第二
(6) 中西進『万葉と海彼』、同「万葉梅花の宴」『筑紫万葉の世界』林田正男編
(7) 伊藤博『万葉集の構造と成立・下』
(8) 注(7)に同じ。
(9) 藤原芳男「梅花ノ歌の性格」『萬葉作品考』
原田貞義「梅花三十二首の成立事情」『万葉』第五七号
(10) 中西進 鑑賞日本古典文学3『万葉集』
(11) 辰巳正明『万葉集と中国文学』。注(6)中西論(後者)
(12) 新潮日本古典集成『万葉集一』。詳しくは注(7)伊藤著参照
(13) 村田正博「大伴旅人讃酒歌十三首」『万葉集を学ぶ』三
(14) 辰巳正明「賢良―大伴旅人論」『上代文学』三四号、後注(11)所収
(15) 注(1)の伊藤著に同じ。
(16) 西宮一民『万葉集全注』巻第三
(17) 林田正男「旅人と満誓―巻三を中心に」『国語と国文学』(昭和四六年九月)、後『万葉集筑紫歌群の研究』所収
(18) 中西進『万葉と海彼』。同氏の『万葉集の比較文学的研究』「六朝風―旅人と憶良」に「中国の隠士きどりの発想」という指摘もある。

『万葉集と中国文学』辰巳正明氏は、中国文学の殊に劉伶載達そして陶淵明といった、「酒」にかかわる詩文からの影響であることは否定できない。おそらくは、それら反儒教的あるいは反政治的な隠逸の詩をいち早く受け入れ、和歌へ受容することが、当時の新風であったと見られる、と説く。

(19) 高木市之助『貧窮問答歌の論』で「孤語」と命名する。

(20) 平山城児『大伴旅人逍遙』

(21) 林田正男「帥老派の文学－松浦川に遊ぶ」『筑紫万葉の世界』林田正男編

(22) 渡瀬昌忠「柿本人麻呂における贈答歌」『美夫君志』二三号

(23) 河口常孝「奈良朝歌人住宅地考」『万葉集研究』第六集

(24) 波戸岡旭「遊於松浦河と『懐風藻』吉野詩－大伴旅人の文人気質」『上代文学』第六六号

(25) 井村哲夫『万葉集全注』巻第五

【付記】本稿は九州産業大学国際文化学部紀要第一号「神仙思想と大伴旅人」平成六年十二月、同四号「大伴旅人論」平成七年十二月の拙稿と一部重複するところがある。

秀歌鑑賞（巻三・四・六・八）

【2】

わすれ草わが紐《ひも》に付く香具《かぐ》山の故《ふ》りにし里を忘れむがため　（巻三、三三四）

「帥大伴卿《そちおほとものまへつきみ》の歌五首」とある内の、第四首である。大宰府在任中の何時《いつ》の作か不明。一連の中には「寧楽《なら》の京」「象の小川」が見え、旅人は大宰府にあって、これらの土地をもう一度見たいと願う。この一首も、香具山への思慕に発する歌である。

旅人が生まれたのは天智天皇称制四年（六六五）、まだ都が明日香にあったころである。三歳のとき都は近江に移る。そして九歳から四十六歳までを明日香・藤原におくり、以後大宰府赴任（六十二歳ごろ）までは奈良に住んだ。右の香具山への思いはとうぜん明日香・藤原時代に作られたものであり、奈良の都へのそれは晩年に根ざすものである。

帥旅人の奈良の都への回想は後にも述べるが、それによると、奈良は繁栄をきわめた首都であり、国の中心として天皇が君臨するところであった。この一連の中で、

わが盛りまた変若《をち》めやもほとほとに寧楽《なら》の京《みやこ》を見ずかなりなむ　（巻三、三三一）

と歌うことにも、命の盛《さか》りと都の盛りとの出会いが夢みられている。

ところが、この香具山はちがう。「私はわすれ草を紐につけよう。なぜならあの香具山が忘れられなくて、苦しくて仕方ないから」というのだから、香具山を拒否しているのだ。真実、わすれ草が効果を発したら、旅人はほんとうにいいのか。

わすれ草とはヤブカンゾウのことで、これを身につけていると愁《うれ》いを忘れるという言い伝えが中国にあった。『詩経《しきょう》』という古い書物に見える。旅人はこの知識にもとづいて一首を作った。

しかし、忘れたい方に、じつは中心があるのではない。それほどに恋しくてつらいというのが中心である。

だから、ただもう一度見たいといったものにくらべると、よほど肉体的ではないか。たし

かに、わが故郷、明日香・藤原の地は、理窟やことばを越えて恋しい土地だったのである。

この一首と並んで、旅人は次のようにも歌う。

浅茅原《あさぢはら》つばらつばらにもの思《も》へば故りにし郷し思ほゆるかも　（巻三、三三三）

つまり「故りにし郷」は、しみじみと、まるで水が体を浸《ひた》すように、旅人の全身にしみてくるような思慕を寄せる土地だったのである。

【3】

験《しるし》なき物を思《おも》はずは一坏《ひとつき》の濁れる酒を飲むべくあるらし　（巻三、三三八）

旅人は十三首もの大量の「酒を讃《ほ》むる歌」を作った。まことにユニークな題材であり、かつ十三首とは多い。

いったい、旅人はなぜ酒を讃める歌など作ったのだろう。

そもそも酒は人間の心を溶《と》かし、錯乱させるものだから「ふしぎ」の物として貴《とうと》ばれ、尊重された。神に捧《ささ》げるべきものであり、その醸造も大切な作業だった。『万葉集』には大伴家持の「酒を造れる歌」という一首がある。

中臣《なかとみ》の太祝詞言《ふとのりとごと》いひ祓《はら》へ贖《あが》ふ命も誰がために汝《なれ》　（巻十七、四〇三一）

これによると醸造に際して、中臣氏という神に仕える一族が、継承してきたりっぱな祝詞を唱えたことがわかる（下の句は恋歌に転換している）。

一方、酒は今でも百薬の長というように、薬としても扱われた。奈良時代、東大寺《とうだいじ》の「写経所」で仏典を写《うつ》していた写経生から上司に出された文書の中に「薬分の酒」を支給してほしいという願が見られる。人間が少しずつ、神様の手から酒をもらい受けつつあったということだろうか。

しかし、旅人の酒はこのいずれともちがう。

ところをかえて中国では、当時酒が別の意味合いをもつに到っていた。旅人はそれに従ったのである。

中国、六朝《りくちょう》（四世紀ごろ）の詩文は多く『文選』におさめられるが、そこに作品を残す中国の文人たちは、ことのほか交友関係を重んじた。ともに自然の風光を楽しみ管絃《かんげん》に興じ、また酒をともに酌《く》んで文雅を楽しんだのだった。こうした境地が政界の汚辱《おじょく》を離れた、隠逸の世界だったからである。

のちにも盛唐《せいとう》の詩人白楽天《はくらくてん》は、友と心を通わせ合う媒体として、雪月花《せつげつか》、琴詩酒《きんししゅ》をあげる。その先蹤《せんしょう》はすでに六朝から始まっていた。

旅人は右の六つのいずれをも歌う。彼が日本ではじめて「交友」という概念を文学の世界にもち込んだ人物だったことを、私は長年説いてきた。酒を讃めるとは、こうした考えの中から生じたものに他ならない。そのことを反映して、十三首の中には中国の文人の故事が、たくさん登場する。

酒の名を聖《ひじり》と負せし古《いにしへ》の大き聖の言のよろしさ　（巻三、三三九）

は中国の『魏志』という書物に見える故事、時の人びとが禁酒令をはばかって、清酒を聖人、濁酒を賢人といったことをほめたものである。

古の七の賢しき人どもも欲りせしものは酒にしあるらし　（巻三、三四〇）

は「竹林《ちくりん》の七賢《しちけん》」とよばれる人びと、阮籍《げんせき》、嵇康《けいこう》、山濤《さんとう》、劉伶《りゅうれい》、阮咸《げんかん》、向秀《きょうしゅう》、王戎《おうじゅう》が酒を愛した故事を歌った。

さて、そんな十三首の最初におかれるものが掲出の一首である。「考えても仕方のないことは考えないで、一杯の濁り酒を飲んだ方がいい」という。

世の中、考えることが美徳とされるのは、今も昔も変わりがない。ところがここでは、それより安酒を飲んでいる方がよほどましだというのだから、大胆である。

この「考える」ということは、一連十三首の歌うところによると、「賢《さか》しみと物いふ」（三四一）「賢しらする」（三五〇）とあるように、りこうぶって理窟をいうことらしい。原文に「賢良《さかしら》」と書かれるところから「賢良方正《けんりょうほうせい》」といって、当時りっぱな行動の規範とされた生き方がそれにあたるという考えもある（辰巳正明氏）。今でいう「品行方正」という優等生のような生き方である。

それを否定して、そんな生き方より飲んだくれの方がいいというのだから、この発言は問題になりかねない。

しかし旅人は、世の人の師表《しひょう》と仰がれるような人物の偽善を、じつは見破っていたのである。あるいは、賢良方正に振る舞ってみても、何ほどの効果もない。いくら世間からほめられるからといって、そう身構えてみても意味がない。いや意味がないどころか、かえって世の条理にしばられて、かえって不自由になる。人と妥協もしなければならない。けっこう世俗の塵《ちり》もかぶらなければならない。それよりは安酒の方がいい、というのである。「濁れる酒を飲む」というところ清貧に甘んじる趣が見える。出世なんかしなくてよい。貧乏でもよい。それよりも、もっと大切なのは人間の正直な心だ、汚《けが》れのない心が大事だと旅人は考えた。

そうした心をもって酒を飲みあう者どうしに、ほんとうの友情も芽生えるはずである。

【4】

あな醜《みにく》賢しらをすと酒飲まぬ人をよく見れば猿にかも似る　（巻三、三四四）

右にも問題にした「賢しら」をする人は「酒飲まぬ人」である。「ああ、何ともぶざまだ。かしこそうに振る舞って酒を飲まない人をよく見ていると、猿に似てくる」という一首だ。

ただ、そういっても二とおりに理解できる。かしこそうに振る舞う人が猿に見えてくるというのか、かしこそうな振る舞いの人を見ていると、酔っぱらいの自分が猿に思えてくるというのか。解釈は古来二とおりある。

たしかに顔を真赤にした酒飲みは猿そっくりだが、一方かしこそうに振る舞う男は偽善者で人間以下、猿みたいなヤツだ、ということもできるだろう。おもしろいことに、酒好きの学者は後者、酒嫌いの学者は前者をとる。

それはともかく、全体の流れから見ると、酒をたたえる中にあって、酒飲みが猿に似ているという自虐はどうもふさわしくない。やはり酒を飲まずにかしこそうに振る舞っている人間こそが何と醜いことか、人間以下だという意味しかないだろう。

それを猿といったところが愉快である。そもそも猿という動物は、当時どう考えられていたのか。あの動物は別に「まし」（ましら）という名がある。「さる」と「まし」と二つあるからには、それぞれ別の内容があるにちがいない。

私は、「まし」（ましら）が本来の名で、「さる」は「戯《さ》る」から来た呼び名ではないかと思う。能楽《のうがく》のことを「猿ごう事」といったりするように、人真似のような戯《ざ》れ事をこの動物の特性と考えたのではないか。そういえば人間に近いばかりに、逆に馬鹿にされたり、人間の真似をさせられたりするし、また人間のすることについても、猿真似だなどといって軽蔑したりする。

こうした猿との付合いを基《もと》にして歌をよんだ最初の人間が、旅人だったらしい。「利口ぶってあれこれやってみたって、賢人の猿真似をしているだけだ」と、旅人はきめつけたのである。

これこそ、ほんとうに「見にくい」のであろう。「見る」とはほめることだから、どうみても「ほめにくい」。

この「みにくし」ということばも、似たことばに「しこ」がある。日本人の習慣では両方に「醜」という漢字をあてる。

しかし日本語の「しこ」は力にあふれた、ふしぎな存在である。醜さにおいて人間離れをしていて、そのためにふしぎな力を発揮する。

「みにくし」をこれと並べてみると、こちらの方は変わっているだけでどこにもいい所などない。ダメージばかり。酒を飲まない人間は、そんなていどだという。

いやいや酒を飲まないことがダメなのではない。酒を酌んで雅友との交わりを楽しまないことこそが問題なのだ。大酒飲みの飲んだくれに旅人が味方するわけはない。交友の情を持たないことが問題なのである。

さらに、酒を飲まないだけならまだよい。かしこそうに「いえ、酒はたしなみません」と澄《す》ましている人間こそ、もっとも偽善者だという。これは酒のとりちがえもいいところだろう。中国の禁酒令のことは先にふれたが、当時の日本にも禁酒令が出されていて、『続日本紀』には天平九年五月と天平宝字二年二月にそれが見える。その記事の中に、酒を飲んでは政府を非難したり、仲間で喧嘩《けんか》をしたりするからいけない、とある。今と同じであることがおもしろいが、さてそのように人をダメにするものが酒だときめつけると、かしこい人は酒を飲まないことになる。

旅人はこれに反抗したともいえる。酒というものは、そう一概にいえるものではありませんよ、と。むしろ積極的に、そんな酒しか知らない政府や、頭の固《かた》い同僚を、この歌をもって揶揄《やゆ》したともいえるだろう。

『万葉集』の中には次のような一節がある。

大伴坂上郎女の歌一首

酒坏《さかづき》に梅の花浮け思ふどち飲みての後《のち》は散りぬともよし

和《こた》へたる歌一首

官《つかさ》にも許し給へり今夜《こよひ》のみ飲まむ酒かも散りこすなゆめ

右、酒は、官の禁制して你《い》はく「京中の閭里《さと》に集飲《うたげ》することを得ざれ。ただ親々《はらから》一二《ひとりふたり》の飲楽は聴許《ゆる》す」といへり。これによりて和ふる人この発句《ほつく》を作れり。

（巻八、一六五六・一六五七）

大伴坂上郎女が「盃の中に梅の花びらを浮かべて仲間どうし酒を飲もう。その後なら梅は散ってもよい」といったのに対して、「仲間どうしの酒はお役所でも許可しているのですから、酒を今夜だけとかぎることはありません。梅の花もずっと咲いていてほしい」と答えたという。

このお役所の許可というのが禁酒令に関する。禁酒令には特例があって、親しい仲間どうしが飲むのであればよいというから、何も酒を飲むのが今夜だけとはかぎらない。梅もずっと散らずにあってほしい、という歌となった。

旅人の妹の坂上郎女もまた、兄とおなじく酒を風雅のものと心得ていたのである。右の「和へたる人」は大伴家持だった可能性が大きい。家持も父の心を体したひとりだったことになる。

【5】

君がため醸《か》みし待酒《まちざけ》安《やす》の野に独《ひと》りや飲まむ友無しにして　（巻四、五五五）

題詞には大宰大弐《だいに》だった丹比県守《たじひのあがたもり》が民部卿《みんぶきよう》として都へ帰る時に、大伴旅人が贈った歌だとある。作られたのは天平元年（七二九）二月十一日だったろうか。

かねて旅人は客をもてなすための待酒《まちざけ》を作っていた。大弐は旅人がいた帥をつぐ位《くらい》だから、待酒をもってもてなすべき重要な客の中でも、県守はまっさきにあげられる人物であった。ところが県守は、待酒が程よく醸造されるのを待たずに、大宰府を去ることとなった。いたし方ない。旅人は県守が去った後、ひとりで安の野で酒を酌むことになるだろうと嘆いた。安の野は、現在の福岡県朝倉《あさくら》郡筑前《ちくぜん》町で、大宰府の東南十二キロの地である。

酒については、先の項で多く述べた。このばあいも同じで、県守と酒を酌むことによって、文雅を楽しもうとした。県守は左大臣多治比《たじひの》（丹比と同じ）島《しま》〔嶋とも〕の子で、若くして遣唐押使《けんとうおうし》となった。遣唐大使《たいし》、押使は文才に富《と》む当代一流の人を選んで任用されたから、県守もその例外ではない。

この歌が天平二年のものとすると、県守六十三歳。もう十分に齢《よわい》も重ねて成熟した人柄をもっていたであろう。

じつは、天平元年二月に、長屋王という当時の最高権力者——今の首相の位置にいた人が藤原氏によって殺される事件があり（世に「長屋王の変」という）、旅人に大きな衝撃をあたえた。旅人という大伴の長、軍事力の指揮者を大宰府に遠ざけておいての策謀だったから、よけい旅人の苦悩は深く、事件後の態度を旅人は迫られていた。

旅人がのちに作った「梧桐日本琴」の作品も、苦渋《くじゅう》を滲《にじ》ませたもので、結局のところ藤原氏への全面降伏だったと思える。

県守の都への召還は、これと深くかかわる。事件直後、県守は大宰大弐のままで、かりに参議に任用された。「権参議《ごんのさんぎ》」という役職はここから始まるといわれる。

つまり県守は、長屋王を倒したのちの新政治体制の中に、いち早く招じ入れられたのであり、権参議につづいてすぐ、民部卿に任命、いま召還という事態となる。一足早く――といってもこの時にはいつ帰れるかわからない旅人にとって、県守をめぐる一連の人事は、旅人の対藤原の態度決定を強く迫るものであった。

旅人は県守を餞《おく》る宴席で、心底に深い動揺を秘めていたにちがいない。

ところがこの歌は、その片鱗《へんりん》すら見せない。悠々と酒をともに酌むことができないというだけである。

しかし「友無しにして」という一句を、心ある人は十分理解し、旅人の心情を痛ましく思ったことであろう。「交友」という人間関係を文学上の主題としたのが旅人だったことはすでに述べた。詩歌《しいか》に託した心情の通い合いが、交友にとって十分効果的であることも、旅人によって日本人は気づいた。和歌といえば性愛を歌うていどに考えていた人びとには、大きな変革を強いる詩歌観でもあった。

「友無しにして」とはそうした「友」がいないというのである。旅人は同じことばをもう一度使う。

草香江《くさかえ》の入江に求食《あさ》る葦鶴《あしたづ》のあなたづたづし友無しにして　（巻四、五七五）

旅人が大宰府から帰ってきたのち、満誓《まんせい》という同僚が旅人を慕《した》う歌を贈ってきた。満誓は観世音寺の造営を命ぜられて大宰府に下向してきていたが、俗名笠麿、むかし美濃の国守もしたことがある才人で、旅人と心の通いあう文人だった。

その友と離れていることが、このばあいの「友無しにして」であり、同じような欠落感が県守を失った後にもある。その予測がいま旅人を悲しませているのである。

【6】

倭道《やまとぢ》の吉備《きび》の児島《こじま》を過ぎて行かば筑紫の児島思ほえむかも

大夫《ますらを》と思へるわれや水茎《みづくき》の水城《みづき》の上に涙拭《のご》はむ　（巻六、九六七・九六八）

旅人は天平二年（七三〇）十一月、大納言の兼任がきまって十二月に帰京する。その時遊行女婦《うかれめ》の児島というものが送別の一行の中にあって、旅人に歌を贈った。それに対して答えたのが右の二首である。

旅人は瀬戸内海《せとないかい》を海路《かいろ》帰京する。したがって吉備の海上を東行することになるが、その折吉備の国の児島（現・岡山県の児島《こじま》半島）を通過する時、筑紫の遊行女婦の児島を思い出すだろうというのが第一首である。

第二首は「りっぱな男子たる私は、水城の上で泣いているべきではあるまい」という内容である。

一方の児島の歌は哀切をきわめる。「私は身分をわきまえて袖《そで》を振るのも我慢しております」「お立ちになった後、雲の彼方《かなた》の倭《やまと》に向かって袖を振りますが、どうか失礼と思わないでください」という二首である。

それに対して旅人の歌はそっけないし、語呂合わせのようだし、第二首にしても結局泣くまいというのだから、何の風情もない。だからこれらの歌は、評判がいいわけではない。

しかし、そもそも当時は別れに際して必ず歌を贈る習慣があった。『万葉集』の例を見ていると、とくに女性が歌を餞《おく》ることは、必要な儀礼ですらあったらしい。おそらく本来は妻の役目なのであろう。やがて妻の立場の女性と代わることとなる。

いまの場合も児島は、なかば公《おおやけ》の役目から歌っているのだから、なまじ「身分をわきまえて」といい「失礼と思わないでください」などというと、公の役目を逸脱することになる。むしろ遊行女婦として歌う方にかたむく。

もちろん遊行女婦は娼婦ではない。教養があって古歌をそらんじ、適宜伎芸《ぎげい》を披露する女性である。しかしいまは「妻」として歌うのが立場上ふさわしい。

そう考えると、旅人の返歌《へんか》がよく理解できる。第一首は、やや逸脱した児島の歌への返歌であり、第二首は本来の餞《はなむ》けの歌への返歌である。

第一首、語呂合わせのようだといったが、そもそも彼女は児島という、地名由来の名を名乗っている。児島出身ということであろう。それでいて彼女は遊行女婦《うかれめ》である。一定の住所なく浮かれることを性とする女で、当時の都にも「豊前《ぶぜん》国の娘子、大宅女《おおやけめ》」(『万葉集』巻四、七〇九)「丹波大女娘子《たにはのおおめのおとめ》」(巻四、七一一)などと地方から浮かれて来た女のいたことがわかる。それでいて出身地を必ず冠してよばれるほど、故郷を強く意識している。いや浮かれ女であることと、故郷意識の強さは表裏一体のものであろう。

こうなると吉備の児島という地名は、いやでも今目の前にいる児島という女――故郷に強く引かれながら、筑紫に浮かれてきている女を連想するだろう。何も当の児島が吉備の児島出身ではないとしても、遊行女婦と地名という強い結びつきから、旅人は自由ではありえなかったのである。

それは同時に、当の児島の潜在意識への慰藉《いしや》であった。旅人はつねにやさしい。

第二首はもっとわかりやすい。「りっぱな男子は泣いてはいけない」というのだから、形式どおりの別れの歌であろう。早く柿本人麻呂も石見《いわみ》の妻との別れの折、長歌の末尾を、

大夫《ますらを》と　思へるわれも　敷栲《しきたへ》の　衣の袖は　通りて濡れぬ　（巻二、一三五）

と歌った。こちらは「大夫だのに泣く」というから、旅人の方が勇《いさ》ましい。いっそうの「ますらを」ぶりである。

じつは旅人の時代の男子の、一般的志向は「みやびを」にあった。風流を尽くす男子である。「ますらを」とは「勇敢な男子」という意味だから、太平の世にはいささか、なじまない。じじつ、旅人は「みやび」な男性の最たるものとして振る舞っていた。

そこに「思へるわれや」という「や」が入るのであろう。「涙を拭《ぬぐ》おうか」という「か」

は、現実の「みやびを」と、あるべき「ますらを」とのはざまから生まれて来た。
大伴家は武門であり、彼自身さる養老四年（七二〇）三月には征隼人持節将軍となって戦場に日々をすごした。その自覚を呼び戻し「ますらを」として遠い旅路に出立しようという決意もある。
これを支えるものが、外敵に備えた水城であろう。国防の砦《とりで》としての水城、その上に立つ雄々《おお》しい利心《とごころ》を「ますらを」に結びつけると、もう泣く余地はない。
それでいながら「泣かないぞ」と宣言するのではなく、「や」といってしまうところに、旅人の人間性が顔をのぞかせている。

【7】

わが岡にさ男鹿《をしか》来鳴く初萩《はつはぎ》の花嬬《はなづま》問ひに来鳴くさ男鹿
（巻八、一五四一）

「大宰帥大伴卿の歌」という題しかないから、作歌の事情はわからない。大宰帥時代のいつかであろう。

「わが岡」というのだから、旅人は岡ぞいに居を構えていたらしい。秋ともなると岡には萩の花が咲きみだれ自由に男鹿がやって来た。「わが家近くの岡に男鹿が来て鳴く。初萩の花のような妻を求めて鳴く鹿よ」という一首である。

そこで「初萩の花嬬問ひ」だが、現代人のように萩と鹿を別物と考えると「花嬬」とは比《ひ》喩《ゆ》になってしまう。右に「花のような妻」といったように。

しかし、有名な「紫の匂《にほ》へる妹」と同じで、そう形容された額田王と紫草《むらさき》の根とは、ほとんど区別がない。区別に目くじらを立てないのが古代人であった。

少しややこしい説明をすると、もちろん王と紫草は物体として別である。しかし美しく匂うことにおいてひとしい。そうした作用をむしろ重要視して物事を考えるのが古代人であった（私はこれを「働き分類」といっている）。

そう考えると、人間と草木が無縁だなどといえなくなる。動物と草木も同じ。鹿にとって萩は「つま」だったのである。

「つま」とは相手という意味だ。雷が落ちると稲がよく実る。稲を妊娠させるから雷のことを「稲妻《いなづま》」という。古くは落雷を「稲交《いなつるび》」とさえいった。

植物はそれぞれ固有の匂いを放つ。萩のその匂いを鹿が好む。そこで鹿はよく萩の咲いているところへ寄る。それがまさに萩という、鹿の花嬬なのである。

軽く、萩の花は、鹿と仲好しだと考えてもよい。しかし万葉びとふうに考えると、それでは不十分で、ほんとうに萩と鹿が生命を通わせ合うといった方がよい。セックスをしなくとも、萩の匂いが鹿を活性化すればよい。

万葉びとは天の雁《かり》が、地上の紅葉をうながすと考えた。雁の飛来と紅葉の時期が一致するというのではない。天上と地上とを深い黙契《もつけい》の中に結んで、大自然は季節をめぐらせていくという、いわば「宇宙生命体」といった組織が、信じられていたのである。

旅人のこの一首は、そうした「宇宙生命体」を歌ったものだ。旅人がいま放っている目の、視野は大きい。

それでいて、焦点は「さ男鹿」にある。ゆっくりと一首を味わってみると「さ男鹿」に焦点があてられ、それがリフレーンとなって浮上して来る。「さ男鹿」にフォーカスされた宇宙である。

なぜ「さ男鹿」にフォーカスされるのか。

大宰府時代以降の旅人をおおっているものに、亡妻思慕《ぼうさいしぼ》がある。明《あか》らさまに歌うものの他に「松浦河に遊ぶの序」（巻五、八五三―八六三）にも隠されたモチーフとして亡妻思慕があるし、つづけて松浦佐用比売《まつらさよひめ》を歌う（巻五、八七二）のも同じモチーフを引きついだものだ。

つまり今の一首も、しきりに嬬を求める男鹿は、潜流する亡妻思慕が時として意識の表面に浮上してきたものにちがいない。わかりやすく、鹿は旅人の投影だといっても、そう誤解されないだろう。

そうなればいっそう、花ばかりが見えて、いっこうに姿を見せない雌鹿もよく理解される。花を雌鹿の形代《かたしろ》として、いましきりに雄鹿は求愛する。初萩の花のように美しかった亡妻という想《おも》いも、旅人の胸の中に強いであろう。じじつ、大宰府で失った旅人の妻は若く美しかったらしい。

旅人は、こうした、自己の投影のような風景を、大きく拡大して全宇宙の構図の中におさめる。

われわれがすぐれた詩歌、また俳句などをよんで気づくことは、それらの名作がしばしば宇宙的だということであろう。宇宙の獲得こそが、短詩形に課せられた課題であるかのごとく感じるのは、私だけではあるまい。

旅人のこの一首にも、そんな宇宙の姿がある。

【8】

沫雪《あわゆき》のほどろほどろに降り敷《し》けば平城《なら》の京《みやこ》し思ほゆるかも　（巻八、一六三九）

題詞に「大宰帥大伴卿が冬の日に雪を見て、奈良京をしのんだ歌だ」とある。いかにも旅人らしい一首だということは、一読して知られるだろう。悠然としたリズムは他の追随を許さない。その理由は単純な文構成にある。「ば」を要《かなめ》として上下が結ばれているだけで、ごく自然な物言いは、ふつうに呼吸しているような表現である。

もう一つ「ほどろほどろ」という擬態語が感覚的に読者に訴えられる。「ほとほと」（巻三、三三二）「つばらつばら」（巻三、三三三）などと同じくり返しがリズミカルである点もそれを助長する。

さてこの一首、「水の沫《あわ》のような雪がまだらに降りつもると、奈良の都が思われる」という歌は、旅人が何を感じ、何を訴えようとした歌なのだろう。

ずいぶん昔、私は大宰府は暖《あたた》かい地方で雪があまり降らないと勘違いした。一方の奈良は雪が多い。そこでめったに降らない雪が降ると、奈良の風景と似てくるから奈良が連想されるのだと思ったのである。

ところが大宰府は寒い。雪も降る。右のような考えは誤解である。

そうではなくて、一首の中心は「ほどろほどろ」にあるらしい。旅人が向かっている空間にまだら雪が降る。地上に斑紋《はんもん》をつくりながら雪が降り、所として白く、所として黒い地肌を見せている。このまだら模様こそが旅人の思いを奈良に運ぶのである。まだら模様を旅人の心の風景とよんでもよいだろう。張りつめた緊迫感、充実感とはほど遠い落魄《らくはく》の思いが、旅人の胸の中にあるのではないか。

そしてまた、雪は沫雪《あわゆき》だという。水分の多い、すぐ溶けてしまう雪である。固くしまっていて積もっては根雪になるような雪ではない。もっと柔《やわ》らかくて感傷的な雪だ。早春の雪であろうか。

そんな雪がいまの旅人の心にほどよい。旅人はこの雪のまだら模様の中で、回想の人となってしまう。

ただ、この一首はたんなる望京の歌ではない。やはり雪から奈良を思慕する、その必然性が大事であろう。

雪とは、すでに酒に関して言及したように雅友への思いの媒介をなすものであった。雪月花の一つである。

中国にはこんな話がある。王子猷《おうしゆう》という文人が、折しも降っていた雪がやみ、月が皎々《こうこう》と上空に上ったのを見ると、友人の戴安道《たいあんどう》を訪ねたくなった。雪後の月がそういう衝動を子猷に与えたのである。

子猷は安道を訪ねる。しかし門までいってそのまま会わずに帰って来た。

まわりの人がいぶかると、「いや私は雪と月を見て友人を訪ねたいと思っただけだ。だから訪ねさえすれば十分なのだ」と子猷は答えたという。

雪（そして月）は、このように雅友を慕わしくさせるものであった。だから旅人が「奈良の京し思ほゆるかも」といった「奈良の都」とは、そこにいる、あるいはいた人びとへの思慕と考えられる。早く都へ帰って出世したい、といった体のものではない。

この作が天平元年（七二九）以前のものなら、長屋王はまだ生きていた。王のいた佐保楼ではしばしば文雅の会がもたれた。そこに集う誰彼を、旅人は思い出したのであろう。「梧桐日本琴」を贈った藤原房前も、旅人は「知音《ちいん》」の友と考えていた。それらへの思いは熱かったであろう。

反対に今いるところは「鄙《ひな》」であって、山上憶良ふうにいえば、もう「都の手ぶり忘らえにけり」（巻五、八八〇）という所だった。この地でもそれなりに文雅の友はいても、やはり都の文雅への思慕はたちがたい。旅人は雪を透《す》かして、都の文雅を見ていたのである。

秀歌鑑賞（巻五）

【9】

世の中は空《むな》しきものと知る時しいよよますますかなしかりけり　（巻五、七九三）

巻五の巻頭歌である。この歌には次のような詞書《ことばがき》がついている。

大宰帥大伴卿《だざいのそちおほとものまへつきみ》の、凶問《きようもん》に報《こた》へたる歌一首

禍故重畳《くわこちようでふ》し、凶問累集《きようもんるいじふ》す。永《ひたぶる》に崩心《ほうしん》の悲しびを懐《むだ》き、独《ひと》り断腸《だんちやう》の涙《なみだ》を流す。ただ両君の大きなる助に依りて、傾命《けいめい》を纔《わづか》に継《つ》ぐのみ。（筆の言《こと》を尽《つ》さぬは、古今の嘆く所なり）

歌の日付は、神亀五年六月二十三日。「禍故」、「凶問」が具体的に何をさすのかわからない。また、「両君」が誰をさすのかもわからない。中西進によれば、「凶問を伝えた使者と大宰府で死んだ妻への慰使と二人か。」(『万葉集』㈠講談社文庫)となるが、「禍故」のひとつが、妻の大伴郎女の死であることは確かである。

大伴旅人が、大宰帥として九州に下ったのは、正確にはわからないが、神亀四年の冬か、五年の初めの頃であろうといわれている。旅人と共に大宰府に行った大伴郎女が亡くなったのは、それからまもなくのことであったらしい。山上憶良の「日本挽歌」と題する長歌の一節に、「息《いき》だにも　いまだ休めず　年月も　いまだあらねば　心ゆも　思はぬ間《あひだ》に　うち靡き　臥《こや》しぬれ」(巻五、七九四)とあることから推察される。この長歌の反歌に、

妹《いも》が見し楝《あふち》の花は散りぬべしわが泣く涙《なみだ》いまだ干《ひ》なくに　(巻五、七九八)

と、楝の花が詠まれており、大伴郎女の死は、楝の花の咲く頃、すなわち神亀五年の初夏の頃であった。

この時、旅人は六十四歳。おそらく妻もそれくらいの年齢であったのであろう。長くつれ添って生きて来た妻は、老齢の身もかえりみず、夫と共に九州に下った。老齢と長旅と、慣れぬ土地での暮らしが、彼女には大きな負担となったにちがいない。大宰府に着いてのまもない死がそのことを示している。

旅人の歌の記録のはじまりは、神亀元年（七二四）の、

昔見し象《きさ》の小河《をがは》を今見ればいよよ清《さや》けくなりにけるかも

であり、大宰府以前の作としては、この歌と作歌年次不明の、

奥山《おくやま》の菅《すが》の葉しのぎ降る雪の消《け》なば惜《を》しけむ雨な降りそね

（巻三、三一六）

があるだけである。三一六番歌作歌時の旅人は、六十歳。彼はそれ以前にも歌を作っていたのであろうか。当時の貴族の習慣として、歌を作らない生活など考えられないが、記録されなかったのではなくて、実際に作らなかったのかもしれない。作っていたとすれば、家持の目にとまらなかったはずがないからである。

ともかく、旅人が急に、旺盛に歌を作り始めたのは、大宰府に下ってからのことであり、年齢も六十四歳という老年であったことが、私には興味深い。また、巻五の巻頭が、妻を失った嘆きを、ひと息に歌いあげた歌であることも、旅人という人と、短歌という詩型を考えるうえで甚《はなは》だ興味深く思われる。

だいたいにおいて、旅人の歌は、（この巻五の巻頭歌にしてもそうだが）簡潔で、あっさりしていて、まっすぐではあるが、余情に乏《とぼ》しい。核心をくっきりと歌うから、一読鮮明な印

象を与え、意味的にもよくわかり、覚えやすい。しかし、その分、こまかい技巧に神経をつかわないから、情調に欠け、もの足りなくもある。このような特徴は、長く歌を作り続けていて老年に入った人たちの歌によく見られる傾向であり、現代歌人の中でもその例は多い。

また、自身の病気や肉親の死などが作歌《さっか》の契機となることが多いが、旅人の場合も、その典型であると考えられる。筑紫歌壇における、山上憶良との出会いは決定的であったが、妻の死を抜きには、旅人の歌の出発は考えられない。

さて、巻頭歌であるが、旅人の代表作の中の一首でもあり、古来多くの人に共感をもって読まれて来た歌である。「空し」は、仏典にある「空」の訳語であろうといわれている。仏教で教える空を知ることによって、更《さら》に「いよよますます悲しかりけり」と言っているのであるから、旅人としては、むしろ仏教の教えへの反ぱつがあるのだろう。「世の中は」の「は」、「時し」の「し」などの強意の助詞が、そういうニュアンスを感じさせるのである。この世に遺《のこ》された者の、生身《なまみ》の煩悩《ぼんのう》の悲しさを率直にうたっており、悟《さと》りすましたところがないところに、多くの人をひきつけて来た魅力があるのだろう。

この歌の「かなし」に触れて、「『かなし』というのは悲哀を感ずるほどの愛情をいい、愛する余りの悲哀をいう語である」（鑑賞日本古典文学『万葉集』）と中西進が述べている。

大宰府に着いて間もなく妻を失い、そのことが旅人の作歌の大きな契機になったであろうことは先に述べたが、巻五には、妻を悼《いた》む歌がこの一首しかないのは、残念であり不思議でもある。

巻八「夏の雑歌《ぞうか》」の中に、妻をなくして間もない頃作ったと思われる歌がある。神亀五年戊辰《ぼしん》に、弔問使《ちようもんし》として、石上堅魚《いそのかみのかつを》（勝男、勝雄）が派遣された。弔問のことがすんだのち、

霍公鳥《ほととぎす》来鳴《きな》き響《とよ》もす卯《う》の花の共にや来《こ》しと問はましものを　（巻八、一四七二）

という歌を、石上堅魚が作った。これに和し、旅人が詠んだ歌。

橘の花散る里の霍公鳥片恋しつつ鳴く日しそ多き　（巻八、一四七三）

この歌も、旅人の歌らしく、すっきりとよくわかる歌であるが、何か情感に乏しく、儀礼的な感じが否めない。「夏の雑歌」の、ほととぎすを詠んだ歌の中に収められている歌であり、挽歌というよりも、ほととぎすに比重をかけた選択が、巻五ではなく巻八という場を与えられることによって、歌の雰囲気と、一首の読みが微妙に異なってくることに気づく。

【10】

現《うつつ》には会ふよしもなしぬばたまの夜《よる》の夢《いめ》にを継《つ》ぎて見えこそ　（巻五、八〇七）

この歌には、次のような書簡がついている。

伏して来書を辱《かたじけな》くし、具《つぶさ》に芳旨《はうし》を承りぬ。忽ちに漢《あまのがは》を隔つる恋を成し、復《また》、梁《はし》を抱く意《こころ》を傷《いた》ましぬ。唯《た》だ羨《ねが》はくは、去留《きよりゆう》に恙無《つつみな》く、遂《つひ》に雲を披《ひら》くを待たまくのみ

この書簡の書き手については、氏名不詳の女人とする説が多いが、旅人自身であるとする説もあり、私には判断がつかない。ただ、八一一番歌の、藤原房前にあてた旅人の書簡及び、それへの房前からの返信の文体を読んだ目で読んでみると、女性の文章のような気がしないのである。

歌に付された書簡の書き手が特定できないことと、この歌を贈った相手が誰なのかがわからないことから、この歌には謎めいた不思議な印象がつきまとう。歌の言っている意味内容は、まことにシンプルであり、何ら特異なことは無いにもかかわらず。

この歌を贈られた人は、

直《ただ》に会はず在《あ》らくも多く敷栲《しきたへ》の枕離《さ》らずて夢《いめ》にし見えむ　（巻五、八〇九）

という歌を返している。

旅人が、現実にはお会いできないから、どうか夢にいつも見えてほしいものです、と言ったのに対して、直接にお会いせずいることも多くなって――。これほどに恋しいのですから、夜ごとにあなたの夢の中でお会いしましょう、と返している。

実は、この贈答は二首ずつから成っており、夢の歌の前に、「龍《たつ》の馬《ま》」の歌の贈答がある。先ず旅人の歌から。

龍《たつ》の馬《ま》も今も得てしかあをによし奈良の都に行きて来《こ》む為　（巻五、八〇六）

返しの歌。

龍《たつ》の馬《ま》を吾《あれ》は求めむあをによし奈良の都に来《こ》む人の為　（巻五、八〇八）

旅人が歌を贈った人は、奈良の都に住んでおり、旅人は、天空を馳《か》ける龍の馬も欲しいくらいに、切に都に帰りたがっている。

これらの歌の制作年次は、不明であるが、巻五は年を追って編集してあるから、神亀五年か天平元年の歌であろう。とすると、旅人は六十四、五の老人であり、妻をなくしたばかりの頃のことになる。そういう人が、奈良に住む女人との贈答に、「会ふよしもなし」、「夜の夢にを」と歌い、女人の方でも、「直に会はず」、「枕離《さ》らず」などという艶《つや》めいた返しをするのが、どうも納得できない。

これらの歌の翌年か翌々年に作られた遊女児島との贈答を考えれば、このような相聞歌があってもおかしくはないのかもしれないが、あれはオープンな場で詠まれた歌であり、それゆえに、身分年齢をこえて大胆に表現することが可能だったのではあるまいか。ところが、これらの歌には、肝心の相手の名前や身分が無い。書いておく必要がなかったのではなく、わざと書かなかったのかもしれない。

ここで、改めて巻五の構成を眺め渡してみると、巻五という巻は、他の巻とはちがって、まことにユニークな編集をしていることに気づく。集録歌は、百余首。歌の数はすくないが、散文や漢詩の占める比率が高く、しかも極めて漢文色がつよい。

憶良が旅人になりかわって作った「日本挽歌」や、和歌による集団制作、「梅花の宴」、房前に日本琴を贈るに際して付した書簡が物語仕立てであること。さらに、「松浦川に遊ぶ」

の『遊仙窟』に擬したフィクションの歌の世界など。巻五は、旅人のみならず、現実直視型と思われる憶良をもひき込んで、まことに演出性のつよい虚構世界を展開しているのである。

そういう構成の中に、改めて、八〇六番から八〇九番の歌を読み直してみると、これらの贈答歌は、あるいは、旅人一人が作者なのではあるまいかという勝手な解釈をしてみたくなるのである。

「夢にを継《つ》ぎて見えこそ」と歌う旅人に返すに、「夢にし見えむ」と夢でこたえているのは、亡き妻、大伴郎女であるという読みである。奈良にその女人が住むという設定も、望郷の念のつよい旅人にすれば、妻恋の思いと共に当然であった筈《はず》である。死者の魂《たましい》は、肉体は死んでも生きて必ず故郷に帰るのだという、古代からの日本人特有の死生観を考えるならば、死んだ妻は、旅人より先に奈良に帰っているのだとする考えが旅人にあったとしても不思議ではない。その妻に、天かける馬に乗って会いにゆきたい、夢の中にいつも来てほしいと願うのは、自然なこころの動きかただろう。そういうこころを、あたかも生きた女人とのやりとりのように演出するというのは意表をついた表現法かもしれないが、創造的、実験的ともいえる様々な歌い方を盛りこんだ巻五である、このような試みを旅人がしなかったとは断言できないのではないか。

「夢」といえば、巻五の旅人の歌には女人と夢の歌が、この歌を含めて三箇所出てくる。夢に、琴が化けた少女が出て来て、旅人と歌の贈答をする場面（巻五、八一〇・八一一）がある。あと一首は、

梅の花夢《いめ》に語らく風流《みや》びたる花と我《あれ》思《も》ふ酒に浮べこそ（一《ある》は云はく、いたづらに我《あれ》を散らすな酒に浮べこそ）　（巻五、八五二）

である。いずれの場合も、妻のことは表面には出てこない。しかし、これらの歌には、形を変えた妻恋の思いが通底しているのではあるまいか。妻の死に際して、「世の中は空《むな》しきものと知る時しいよよますますかなしかりけり」と、ひと息に悲しみをうたった旅人に、その後大宰府での二年余の間、妻の歌が見られないのはなぜだろう。帰京のときの歌や瀬戸内海を通る帰路で作った歌、あるいは奈良に帰ってからの妻恋の歌はあるのに、この二年余の沈黙は不自然に感じられる。旅人は、この間、直接に亡妻を歌うことはなかったが、神仙小説の影響の色濃い虚構世界を展開し、そこに遊ぶことによって、その代償をしていたのではな

いだろうか。

『遊仙窟』の趣向をとり入れた風雅への志向は、当時の貴族の一般的な傾向であった。「いよよますますかなしかりけり」の旅人は、その悲しみから、身をずらす形で、花やかに若いだ女人たちとの虚構の交歓の中に自らを慰《なぐさ》めようとしたのであろうと思う。

【11】

梅花《うめのはな》の歌三十二首并せて序

天平二年正月十三日に、帥《そち》の老《おきな》の宅《いへ》に萃《あつ》まりて、宴会を申《ひら》く。時に、初春《しよしゆん》の令月《れいげつ》にして、気淑《よ》く風和《やはら》ぎ、梅は鏡前《きやうぜん》の粉《こ》を披《ひら》き、蘭《らん》は珮後《はいご》の香《かう》を薫《かをら》す。加之《しかのみにあらず》、曙《あけぼの》の嶺に雪移り、松は羅《うすもの》を掛けて蓋《きぬがさ》を傾け、夕の岫《くき》に霧結び、鳥は縠《うすもの》に封《こ》めらえて林に迷《まと》ふ。庭には新蝶《しんてふ》舞ひ、空には故《こ》雁《がん》帰る。ここに天を蓋《きぬがさ》とし、地を座《しきゐ》とし、膝を促《ちかづ》け、觴《さかづき》を飛ばす。言《こと》を一室の裏《うら》に忘れ、衿《えり》を煙霞の外に開く。淡然《たんぜん》と自《みづか》ら放《ほしいまま》にし、快然と自《みづか》ら足る。若し翰苑にあらずは、何を以《も》ちてか情《こころ》を攄《の》べむ。詩に落梅の篇を紀《しる》す。古《いにしへ》と今《いま》とそれ何ぞ異《こと》ならむ。宜《よろ》しく園の梅を賦《ふ》して聊《いささ》かに短詠を成すべし。

趣向をこらした文辞華《はな》やかな序文である。美しい振袖《ふりそで》の裾《すそ》模様を見ているような気がするのは、ここに日本の花鳥風月のいくつかが美しくちりばめられているからであろう。時間とか季節がチグハグになることを顧慮することなく、ひたすらに、あるべき美しい景の描出にこころを尽くした文章。殊《こと》に目をひくのは、文末ちかくにおかれた「若し翰苑にあらずは、何を以《も》ちてか情《こころ》を攄《の》べむ」の箇所である。もし文筆によるのでなければ、このような情趣をどうして述べることができよう、といった意味であるが、ここから直《ただ》ちに連想されるのは、

うらうらに照れる春日《はるひ》に雲雀《ひばり》あがりこころ悲しも一人し思へば

大伴家持（巻十九、四二九二）

の左註である。

春日遅遅《ちち》にして、鶬鶊《ひばり》正に啼《な》く。悽惆《せいちう》の意《こころ》、歌に非ずは撥《はら》ひ難し。よりて此の歌を作り、もちて締緒《ていしよ》を展《の》ぶ。

文筆でなければ、歌でなければ、表現できない、ものに感じるこころや、払いのけられな

い悲しみ。このような文学的自覚をもって、ものを書いたのは、この二人をもって嚆矢《こうし》とするだろう。

旅人、家持が、三十年という歳月を隔《へだ》てて、それぞれの表現の根拠について書いている訳であるが、場と対象のちがいを抜きにして考えても、二人の資質、性格のちがいが表れていて興味深い。旅人は、鷹揚《おうよう》で華やか、家持は、繊細過敏な印象である。

【12】

わが園に梅の花散るひさかたの天《あめ》より雪の流れ来《く》るかも　（巻五、八二二）

詩宴には、三十二人の主客《しゆかく》が、庭前の梅をめでつつ一首ずつの歌を詠んだ。数は多いが、どの歌も大同小異の、類型的な発想と詠みぶりの歌である。しかし、さすがに、旅人の歌には抽《ぬき》んでた風格と、調べのゆたかさがある。内容的には格段のことはいっていないが、調べが歌柄を大きく、丈《たけ》たかくしているのである。

「わが園に梅の花散る」と二句切れにして、先《ま》ず眼前の景を出す。三句から四句にかけて「ひさかたの天《あめ》」と、ア母音の多い明るい諧調《かいちょう》で、大きな景を作り、こまやかな「散る」に対して、ゆったりとした動きの「流れ来る」で全体をまとめて息ふかく歌い収めている。旅人の歌には、肺活量の大きい歌が多い。

「わが園に梅の花散る」は実景。それを、「天より雪の流れ来る」と見立て、「か」というかすかな疑問を見せながら、印象としては、「天涯から雪が流れてくるよ」といった詠嘆のニュアンスを帯びつつ結句にもっていっているあたり、神経が届いた表現法といえようか。当時このような知的な歌い方はさぞ新鮮であった筈である。漢文の教養をゆたかに持った旅人であるから、このような発想は中国のものかと思いがちであるが、吉川幸次郎《よしかわこうじろう》によると、中国には無いということである。この歌は、調べののびやかさと、そのよろしさを味わう歌だろう。

ところで、この詩宴で詠まれた梅の歌の中で、香りを詠んだ歌が一首も無いのが気になる。梅イコール香りと、われわれ日本人の感性にインプットされている為にこれは不思議なことに思われるが、梅が香りと共に歌われるのは平安朝になってからのことらしい。面白いことに、この詩宴では、散る梅が何度も出てくる（十首あり、意味のうえから八四四の歌を加えるなら十一首になる）。のちに、桜といえば、散るものとして歌われたことを思うと、梅が桜の先取りをしていることが興味ぶかい。

三十二人の主客が、梅を愛《め》で、梅を楽しんで詩宴を張っている中で、一首だけ風変わりな歌が混《ま》じっているのが目をひく。

春さればまづ咲く宿の梅の花独り見つつや春日《はるひ》暮《くら》さむ
筑前守山上大夫《つくしのみちのくちのかみやまのうへの》（巻五、八一八）

筑前守山上大夫とは、山上憶良のこと。四句目の「独り見つつや」の「や」を反語と見るか、疑問の「や」と見るかで、この歌の解釈は大きくちがってくる。反語と取るならば「春になるとまず咲く宿の梅の花を一人で見ながら、春の日を暮らすことであろうか。（いやそうではない。皆と見るのだ）」と読める。しかし、疑問と取ると、下《しも》の句は、「梅の花を一人見ながら、春の日を暮らすことであろうか」となり、楽しく華やかな詩宴の場の歌としてはまことにふさわしくない。ふさわしくないが、私の読みは後者に傾《かたむ》く。巻五に収められたリアリストとしての憶良の他の歌を読むと、一徹《いってつ》で変人で何かにつけて旅人と対照的な憶良なら、これくらいの歌は作りそうな気がするのである。

【13】

わが盛りいたく降《くた》ちぬ雲に飛ぶ薬はむともまた変若《を》ちめやも　（巻五、八四七）

「員外《ゐんぐわい》、故郷《ふるさと》を思《しの》へる歌両首」という詞書がある。「員外」とは、「番外」もしくは「附録」の意。梅花の宴の歌を、都に居る吉田連宜《よしだのむらじよろし》に贈るにあたって、「後に梅の歌に追加する四首」と共に添えたとする説がある。

吉田連宜という人物は、医術、陰陽道《おんみようどう》にすぐれ、旅人の友人であった。「雲に飛ぶ薬」とは、長寿を得、天を飛ぶことができるという仙薬のこと。宜の専門分野を思って、仙薬を詠みこんでいるのだが、それにしても悲しい歌である。

「また変若《を》ちめやも」と詠んだ旅人は、六十六歳であった。もはや仙薬の効《き》き目さえあてにできない老いの自覚を、率直に表現しているところが、いかにも旅人の歌であり、このような心情表現が当時としては、新風だったのであろう。

老いて、都から遠い大宰府に赴き、その地で妻を亡くし、加えて都の長屋王事件があり、望郷の念をつのらせるのは、人情として当然である。

「わが盛りいたく降《くた》ちぬ」と、ひと息に嘆息して、初句二句を歌い切っている。そして、幾呼吸かおいて、「雲に飛ぶ薬はむとも」と転調してゆく。二句目と三句目の間の、ふかいもの思いと沈黙。それは、誰にも必ずやってくる老いの孤独そのもののように読めるのだ。

多くの客人を招いて、華やかな梅花の宴をもったあと、反動のように寂しさと、望郷の念が旅人を襲ったのであった。


【14】

雲に飛ぶ薬はむよは都見ばいやしき吾《あ》が身また変若《を》ちぬべし　（巻五、八四八）

先の歌と同じく、「員外」の中の一首である。先の歌があまりにガックリと情《なさけ》ない歌になった為《ため》か、気を取り直して、「また変若《を》ちぬべし」と、こんどは強気な表現をしているところが、切実でもあり、旅人という人物への親しみを感じさせるところでもある。

都を見さえすれば、わが身は若がえるにちがいないという激しい望郷。旅人は望郷を、しばしば歌った。この歌と同じく「変若《をち》」を使った歌が巻三にある。

わが盛《さかり》また変若《をち》めやもほとほとに寧楽《なら》の京《みやこ》を見ずかなりなむ　（巻三、三三一）

わたしの命の盛りは、再び戻ってくることがあろうか。いやいや、おそらくあの奈良の都を見ずに終わってしまうことであろうと、ほとんど絶望的に歌っているが、旅人の年齢を考えれば、無理からぬことであった。老齢で西偏の地にあるということは、こんにちでは想像できないほどの孤絶感をもたらしたものであろう。色々の条件を考えてみれば、都に帰れるという可能性はまずあるまい。そういう思いが、「都見ばいやしき吾《あ》が身また変若《を》ちぬべし」という表現を選ばせたのであろう。都に帰れるということと、若返るということは、旅人にとって同じくらいにむつかしいことだったのである。

【15】

松浦川《まつらがは》川の瀬光り鮎《あゆ》釣ると立たせる妹《いも》が裳《も》の裾濡《ぬ》れぬ　（巻五、八五五）

「松浦川《まつらがは》に遊ぶ」と題された歌物語の中の一首。「蓬客《ほうかく》らの更《また》贈れる歌三首」という詞書のある三首の中の一首目の歌である。この歌物語には、『遊仙窟』に材をとったと見られる場所や人物が登場し、それまでの文芸に見られなかったロマンティックで空想的な世界を展開している。『遊仙窟』が通俗小説であったようにこの歌物語の筋《すじ》も実に他愛なく、歌にもあまり見るべきものがない。つまり、歌物語の筋の展開のために置かれたという感じの、説明的な歌が多く、歌としての情趣や深みに欠けるということである。

「松浦川に遊ぶ」は、旅人としては苦心の大作であり、実験的な創作という点では短歌史のうえで大切な一連にはちがいないが、私としては『遊仙窟』の好色的な、こってりとした世界はどうも敬遠したい気持ちがつよい。

詞書の「蓬客《ほうかく》ら」とは、いやしい旅の人の一行の意。蓬客らが、松浦川で鮎を釣ろうとしている乙女に贈った歌ということになるが、歌物語という〝場〟をはなれて読んでも、構図の鮮明な印象的な歌である。否《いや》、むしろ歌物語をはなれて読んだ方が、この歌は立ちあがってくると思う。

「松浦川」と、まず場の設定から入り、「川の瀬光り」と、川の情景を光を取り入れつつ、生き生きと鮮明に描写し、四句目に来てやっと、主人公の乙女を出してくる。そして、その乙女の裳を出し、さらに焦点をしぼりこんで、裾という細部に至り、それが濡れていることまでを見届けて一首が終わるという歌の作りは、ズームインしてゆくカメラアイの手法そのままである。

このような技巧を使って歌われた歌は、映像の喚起力《かんきりよく》がつよく、くっきりとした読後感を残す。動詞が四回使われているために、やや説明的なわずらわしい印象がないでもないが、感じの出たよい歌である。

第四章　帰京後

生涯

帰京

天平二年（七三〇）九月八日、左大臣多治比真人嶋《たじひのまひとしま》の長子、大納言多治比池守《いけもり》が薨《こう》じた（『続日本紀』）。その後を襲《おそ》って、旅人は十一月に中納言から大納言へと昇格し（発令は十月か。『公卿補任《くぎょうぶにん》』）、十二月には帥《そち》兼任のまま上京することとなった（巻三、四四六や巻六、九六五の題詞によれば十二月だが、巻十七、三八九〇の題詞には十一月とある）。憶良の「敢へて私の懐《おもひ》を布《の》べたる歌三首」（巻五、八八〇―八八二）の「謹上」を直接受けてからのことであれば、大宰府出立《しゅったつ》は十二月六日以後ということになる。「延喜式《えんぎしき》」には「太宰府 行程上廿七日下十四日 海路卅日」とあるから、家持などを伴っての、およそ一箇月近い陸路の旅である（巻十七、三八九〇の題詞に、「傔従《けんじゅう》等、別に海路を取りて京に入りき」とある）。翌年正月の朝賀《ちょうが》には間に合う必要があったはずだから、年内には佐保の自邸に戻っていたことだろう。

筑紫に在《あ》った時は、あれほど憧《あこが》れ続けてやまなかった都ではあったが、愛妻大伴郎女を喪《うしな》った今、かえって孤独のつらさに堪《た》えられないかもしれないことを上京間際に想像していたが(巻三、四三九・四四〇)、わが家に一歩足を踏み入れるや、果たしてその予感は的中したことを悟ったのだった。

故郷《ふるさと》の家に還り入りて、即ち作れる歌三首

人もなき空しき家は草枕旅にまさりて苦しかりけり　(巻三、四五一)

妹《いも》として二人作りしわが山斎《しま》は木高《こたか》く繁くなりにけるかも　(巻三、四五二)

吾妹子《わぎもこ》が植ゑし梅の樹《き》見るごとにこころ咽《む》せつつ涙《なみた》し流る　(巻三、四五三)

屋内に入ると妻のいないがらんとした空漠そのものの気がわが身を圧し包み、対して屋外に目を転ずれば、妻の丹精した庭園の樹木は煩《わずら》わしいまでに繁茂《はんも》し放題、まさに七月の吉田宜《きちだのよろし》の返書に、「奈良路なる山斎《しま》の木立《こだち》も神《かむ》さびにけり」(巻五、八六七)とあった通りだった。そしてその中に白雪のような花を開き始めたあの梅の樹があった。だが、それらをこよなく愛した主人公はすでに亡く、今は何もかもが形見となってしまった。荒涼たる寂莫感と孤独の憂愁が体の底から胸を突き上げてくる。旅人はそれに対して、「苦しかりけり」「こころ咽せつつ涙し流る」と一切を忘れて悲嘆の直情にくれるほかはすべがなかった。あの「酔泣《ゑひな》き」（巻三、三四一・三四七・三五〇）の心で、人間の本然に還《かえ》って長い時間寂寥《せきりよう》の慟哭《どうこく》に浸ったのであった。それは亡妻への慰霊であり、おのれの悲苦《ひく》を流し去るものでもあった。

仙人の霊薬以上の効力で老い果てた身を若返らせることすら可能なはずの「都」（巻五、八四八）の実態は、かくも無慚《むざん》なものであった。旅人にとってはそれが単なる夢想にしか過ぎなかったことを今更のように思い知らされ、その冷厳な事実を眼《ま》の当たりにして、今はただ言葉も失って茫然自失したのであった。

そして、

世の中は空しきものと知る時しいよよますますかなしかりけり　（巻五、七九三）

というあの無常の認識と人間存在の悲しみを、改めて一層深めたことであろう。

そんな旅人の心を察してか、昵懇《じつこん》の間柄であった筑紫観世音寺造営の別当沙弥満誓《さみまんせい》から歌が贈られてきた。

まそ鏡見飽かぬ君に後《おく》れてや朝夕《あしたゆふへ》にさびつつ居らむ　（巻四、五七二）

ぬばたまの黒髪変はり白髪《しらけ》ても痛き恋には逢ふ時ありけり　（巻四、五七三）

「見飽かぬ君」といい「痛き恋」といい、男女の恋情にも匹敵するほどの激しい思慕の心を、満誓は旅人に寄せている。養老七年（七二三）二月に府に赴いているから、満誓の筑紫滞在はすでに八年になんなんとしていた。

旅人は二首の歌を返信に認めて、それに応えた。

　ここにありて筑紫や何処《いづち》白雲のたなびく山の方にしあるらし　（巻四、五七四）

　草香江《くさかえ》の入江に求食《あさ》る葦鶴《あしたづ》のあなたづたづし友無しにして　（巻四、五七五）

最も心の通った友とも遠く離れ隔《へだ》たってしまった心もとなさを、吐息のように吐き出している。それは満誓への懇篤《こんとく》の情でもあると同時に、現在満誓や憶良のような存在が身の廻りにいない、旅人自身の寂しさでもある。とりわけ第一首は、

　志賀に幸《いでま》しし時に石上卿《いそのかみのまへつきみ》の作れる歌一首　名闕《か》けたり

　ここにして家やも何処《いづち》白雲のたなびく山を越えて来にけり　（巻三、二八七）

と類似していて、共に西王母伝説にある白雲謡《はくうんよう》によって遠方の隔たりを強調している（中西進氏『万葉集』）。作者「石上卿」が石上麻呂《いそのかみのまろ》（養老元年〈七一七〉薨ず。正二位左大臣、七十八歳）のことであれば、大納言や大宰帥も経験した閣僚の大先輩の歌に倣《なら》ったことになる。

第二首について、中西進氏は、「友をえて雪月花をともに歓《よろこ》び、友をえずしてともにすべき琴詩酒《きんししゅ》をわぶというのが旅人だった」から、交友の情を尽くせなくなったことを示す「友無し」は、重視すべきキイワードだと指摘される（「文人歌の試み─大伴旅人における和歌」『万葉集と海彼』）。また、草香江の葦鶴を取り上げたのは、草香江が難波《なにわ》から大和へ入る経路に当たるばかりでなく、大伴氏の本貫が摂津《せっつ》・和泉《いずみ》地方（現・大阪府南部）の沿岸地域であったことと無関係ではないだろう。そこでの特徴的な風物が葦鶴なのだが、これもまた、〝人に恋ふる鳥〟（巻六、九六一）として、愛する人と離れて孤独の寂《さび》しさをかき立てる鳥であった。

この年の正月の梅花の宴で高貴賓客グループに遇せられて一首を詠んだ筑後守葛井大成《ふじいのおおなり》も、旅人の温容に接することができなくなった「悲嘆」を次のように寄せてきた。

今よりは城《き》の山道は不楽《さぶ》しけむわが通はむと思ひしものを　（巻四、五七六）

筑後の国府（現・福岡県久留米《くるめ》市御井《みい》町）から城の山（現・佐賀県三養基《みやき》郡の基山《きやま》）を越えて大宰府に到る道は、もう心楽しい思いで通うことはないだろうというのである。

巻四には、続けて次の一首を載せている。

大納言大伴卿の、新《あらた》しき袍《うへのきぬ》を摂津大夫高安王《つのたいふたかやすのおほきみ》に贈れる歌一首

わが衣人にな著《き》せそ網引《あびき》する難波壮士《なにはをとこ》の手には触るとも　（巻四、五七七）

これは、摂津職の長官である高安王《たかやす》が難波で旅人を手厚く迎えてくれた感謝のしるしに、旅人が新品の袍《ほう》（朝服の上着）を贈った時に添えた歌である。ほかならぬあなたに贈るのだという親愛の情に溢《あふ》れた作となっている。ただし、旅人が難波を出立する時のものか、都に帰ってからのものかは不明である。帰京後であれば、天平三年の作に入る。

こうして慌《あわ》ただしくその年は暮れた。

天平三年

明けて天平三年（七三一）の元日、恒例の拝賀《はいが》の儀があり、肆宴《とよのあかり》が執り行われた。大納言である旅人は当然参列したはずである。

『懐風藻』には「初春侍ス㆑宴ニ」という旅人の五言詩が残されているが、作詩の時期は明確ではない。普通、中納言（任命は養老二年〈七一八〉三月）時代のものと解されているが[1]、聖武天皇の肆宴だとすれば、即位したのが神亀元年（七二四）二月だから（同時に長屋王も正二

位左大臣となる）、中納言時代の可能性としては、神亀二年〜四年の間のいずれかということになる。しかし、確証はないが、あるいはこの年（天平三年）の大納言として初の肆宴参列時のものであるかもしれない。矛盾もないので、一つの可能性として考えられなくはないだろう。

寛政の情《こころ》既に遠く、迪古《てきこ》の道惟《こ》れ新《あらた》し。
穆々《ぼくぼく》四門の客《まらひと》、済々《せいせい》三徳の人。
梅雪残岸に乱れ、煙霞早春に接《つら》く。
共に遊ぶ聖主の沢《たく》、同《とも》に賀《ほ》く撃壌《げきじやう》の仁。

聖武天皇の仁心と善政の永続性を称《たた》え、群臣がその恩沢《おんたく》に浴《よく》して、太平の世の仁政を慶賀する。大納言として諸臣を代表して天皇の恵みを称揚し、君臣和楽を謳歌する。公讌《こうえん》の応詔《しょうし》詩として儀礼的な色合いは否めないが、形式に則《のっと》って天子頌徳《しょうとく》の至情を精一杯尽くそうと努めている。即位間もない聖武の吉野行幸時に詠んだ離宮讃歌（巻三、三一五・三一六）が未奏に終わって、その思いを開陳できなかっただけに、この詩作に対する意気込みは熱いものがあったことだろう。

第五句の「梅雪残岸に乱れ」（梅の花にかかる雪は崩れた岸に乱れ散り）に見られる、梅と雪との取り合わせのモチーフは、すでに

わが岳に盛りに咲ける梅の花残れる雪をまがへつるかも　（巻八、一六四〇）

わが園に梅の花散るひさかたの天より雪の流れ来るかも　（巻五、八二二）

などの自作に好んで取り上げたものであるが、それは心の奥では亡き大伴郎女や長屋王に連《つら》なって行くものでもあった。

続いて正月二十七日叙位《じょい》が行われ、旅人は正三位から従二位へと昇進する。六十七歳にして、一品《いっぽん》知太政官事《ちだいじょうかんじ》舎人《とねり》親王に次ぐ人臣《じんしん》第一の地位に達したことになる。当時の藤原四兄弟の閣僚への進出ぶりは、すでに、五十二歳の武智麻呂《むちまろ》は正三位（神亀元年より）大納言（天平元年より）、五十一歳の房前《ふささき》は正三位（神亀元年より）参議（養老元年より）にあった。また、三十八歳の式部卿（神亀元年当時）宇合《うまかい》と三十七歳の兵部卿（天平三年より）麻呂《まろ》は共に従三位には達していたが（宇合は神亀二年より、麻呂は天平元年より）、いずれも非参議であった。しかし、この年の八月には二人共参議に昇格することになって、ゆるぎない政治的結束を固めつつあったのである。

そのような状況の進行する中では、旅人は長老として祭り上げられてはいるが、すでに政

治の動きを左右する力は失ったものとして看《み》て取られていたのであろう。大伴氏はほかに権《ごん》参議（天平元年より）として正四位下（同）の道足《みちたり》がいるだけで、もはや昔日《せきじつ》の面影《おもかげ》はない。他の氏族も、中納言に従三位安倍広庭《あべのひろにわ》、権参議に従三位多治比〔丹比〕県守《あがたもり》が加わる程度であった。

旅人の従二位大納言は父安麻呂の生前の正三位大納言（薨後《こうご》従二位を追贈）を越えはしても、到底素直には喜べなかったはずである。自分はそこまで昇りつめても、それは自分限りのもので、それが継承され拡大される条件は何もなかったから、大伴氏の将来の見通しにはむしろ暗澹《あんたん》たるものがあったからである。従二位や大納言も、所詮《しょせん》は自分の（ひいては大伴氏の）花道として用意された位階であり官職にすぎないことを、旅人自身が一番よく承知していたことであろう。

従二位大納言となって社会的には大伴氏の一応の面目は保ったものの、それすら束《つか》の間の栄誉で、それまで張りつめていた糸が切れたように、数箇月の後には病《やまい》の床に臥《ふ》すことになってしまった。六月には紀伊《きい》国阿弖《あて》郡の海水が五日間も「血の如く」変じたというが（『続日本紀』）、この赤潮《あかしお》と思われる現象は、夏から秋にかけての暑い時期に水中のプランクトンが異常に大発生することによって起こるものだから、前年六月の「旱《ひでり》」（同）に続くこの年の酷暑が老いの身には相当応えたのかもしれない。そういえば筑紫で「脚瘡」を患《わずら》って死ぬかと思うほど苦しんだのも、前年の「夏六月」のことであった（巻四、五六七左注）。あるいはこの「瘡《かさ》」（腫《は》れもの）が再発して、急速に悪化したのでもあろうか。

後のことではあるが、天平十六年（七四四）閏《うるう》一月聖武天皇の難波行幸の際、安積《あさか》皇子が「脚病」を発して、二日後に急逝している（『続日本紀』）。果たしてそれが旅人の病んだ「脚瘡」と同じものかどうか、またそれらが現在の何に当たる疾病《しっぺい》かも明らかではないが、容態が急変して行く恐ろしい病気ではあったようだ。

孤愁《こしゅう》の病床にあって、旅人が最後に望んだものは何であったか——それは自分の本当の「故郷」であった。

三年辛未《しんび》に大納言大伴卿の寧楽《なら》の家に在りて故郷《ふるさと》を思《しの》へる歌二首

須臾《しましく》も行きて見てしか神名火《かむなび》の淵は浅《あ》さびて瀬にかなるらむ　（巻六、九六九）

指進《さしずみ》の栗栖《くるす》の小野の萩が花散らむ時にし行きて手向けむ　（巻六、九七〇）

大伴氏の荘園として、竹田庄《たけだのたどころ》〔現・奈良県橿原《かしはら》市東竹田《ひがしたけだ》町〕や跡見《とみ》庄〔現・同県桜井市外《と》山《び》」があったことは確かだから（竹田庄――巻四、七六〇　巻八、一五九二・一六一九　跡見庄――巻四、七二三　巻八、一五四九　の各題詞）、一族の本拠もこの範囲内にあったと考えてよく、従って旅人は平城京遷都（和銅三年〈七一〇〉）までの四十数年間この地で生活していたことになる。奈良の家にありながら心がまっすぐ大和へと向かうのは、平城の政治状況の閉塞感と、消え去ることのない白鳳《はくほう》回帰の熱き思いに発するものであろうし、何よりもそこが最後に身を預けるべき、安住の地としての家郷《かきょう》だったからにほかなるまい。

この神名備は藤原京に近い雷丘《いかづちのおか》だろうから、それをめぐって飛鳥川《あすかがわ》の流れる飛鳥の地こそ、いつまでも忘れがたい故郷であった。かつて幾度か目にした、「昨日の淵ぞ今日は瀬になる」（『古今和歌集』巻一八、九三三）飛鳥川の変わりざまを気にかけ、確かめてみたい衝動に駆られるのである。水の流れが淵のまま不変であってほしい願いは、かつて「夢《いめ》のわだ瀬にはならずて淵にあらぬかも」（巻三、三三五）と、吉野川《よしのがわ》の宮滝《みやたき》付近の流れにも抱いたものであった。

また、第二首の「指進の栗栖」の所在は未詳であるが、『倭名類聚抄』に「大和国忍海郡栗栖」（現・奈良県御所市北部）とあって、一つの手がかりを与えてくれる。益田勝実《ますだかつみ》氏は、

「〈都〉に求め得なかった故郷を、大伴氏の里に求めようとするのは、そこに葬《ほうむ》られた妻がいるからであった」（「鄙に放たれた貴族」『火山列島の思想』）とされ、吉井巖《よしいいわお》氏も、「この作の底に、萩と鹿の織りなす抒情の世界、そしてこれにからまる旅人の亡妻思慕の哀感がただようように思える。」（『万葉集全注』巻第六）と解される。一方平山城児《ひらやまじようじ》氏や村山出《むらやまいずる》氏は、「栗栖」を生母《せいぼ》巨勢郎女の里と見られる（平山氏「旅人小伝」『大伴旅人逍遥』、村山氏「旅人逝く」『憂愁と苦悩 大伴旅人・山上憶良』）。巨勢氏の本拠地は大和国高市郡巨勢郷（現・御所市古瀬《こせ》を中心とした地域）と考えられているから、先の『倭名類聚抄』の記事とも符合する。ここでは村山氏の推定に従って、

> 妻のいない奈良の家に失望し、平城の政治の世界に疎外感を抱いた老旅人の心は、気力の衰《おとろ》えのなかで失意と悲嘆の数々の記憶を忘却へ押しやって、母と幼《おさな》き日を過ごした故郷の記憶をさかのぼるのであった（村山氏前掲書）。

と捉えておきたい。萩の花の里への憧れは根強かったと見えて、資人の余明軍《よのみようぐん》にも「萩の花咲きてありや」（巻三、四五五）と開花の時期を尋ねてもいる。すると、花の散る頃には病も癒《い》えるかと期待し、自ら幣《ぬさ》を供えて神祭りをしようというつもりだったのだろうか（中西

氏『万葉集』）。病気回復と故郷訪問の思いを果たしたかったのである。

筑紫にあってひたすら憧れた旅人の「故郷」は、奈良の都（巻三、三三一　巻五、八〇六・八四八　巻八、一六三九）と吉野（巻三、三三二・三三五　巻六、九六〇）と飛鳥（巻三、三三三・三三四）であったが、奈良にはすっかり裏切られた今、吉野まで出かける体力や気力はすでになく、ただただ最期《さいご》の地として飛鳥を夢想し、思いを駆けめぐらせたのだった。「人は生命の終焉に近づいて、出発点への回帰を願う」（益田氏前掲論文）。まさに旅人にとって熱に浮かされたような究極の望郷であった。それは能煩野《のぼの》で倭《やまと》を恋うて「国思《しの》ひ歌」を詠んだ倭建《やまとたける》の切なる憧憬と変わるところがない。

そんな旅人を、鈴木日出男《すずきひでお》氏は、「いかなる所にあろうとも、たえず自らの心の原郷を求めて郷愁を歌わねばならぬ魂の漂泊者であった」と表現されたが（「大伴旅人の方法」『古代和歌史論』）、けだし至言であろう。

旅人の疾病《しっぺい》の治療のための医師として、だれが朝廷から派遣されたか（「医疾令《いしつりょう》」）は明らかではないが、そのほかに「検護」のために、とくに内礼正《ないらいのかみ》県犬養宿禰人上《あがたのいぬかいのすくねひとかみ》が遣わされていた（巻三、四五九左注）。また、見舞いに訪れたのがだれかも定かではない。前年みやびの歌巻を贈り交《か》わした吉田宜も医術に長《た》けていたから、見舞いを兼ねて病状を看に来たかもしれない。また、前年六月の「脚瘡」の時、筑紫まで遺言の伺いに派遣された庶弟《しょてい》の稲公《いなきみ》や甥の胡麻呂《こまろ》も（巻四、五六七左注）、当然駆けつけたことだろう。

そして七月二十五日（『公卿補任』によれば七月一日）、家持や異母妹の坂上郎女たちに手篤く看取《みと》られながら、「医薬験《しるし》無くして、逝《ゆ》く水留まらず」（巻三、四五九左注）、旅人は静かに息を引き取った。

思えば、大伴氏の将来とまだ十四歳の家持の行く末の不安を残しつつ、念願の生まれ故郷に戻ることも叶《かな》わないまま、孤独の憂悶《ゆうもん》の中で遂《つい》に帰らぬ人となったのであった。時に六十七歳（『懐風藻』）、無念の重なる晩年であったが、やっとこの世の長い旅を終えたのであった。魂は倭 建《やまとたける》のように白智鳥《しろちどり》となって、直《ただ》ちに飛鳥を目指して飛び立ったことであろう。

残された人々

旅人は大納言となって上京しても、なお大宰帥は兼任していたから、訃報は直ちに大宰府にもたらされたはずである。しかし、大弐の紀 卿《きのまえつきみ》（男人《おひと》か）や少弐の小野老・粟田大夫《あわたのたいふ》

（人上《ひとかみ》とも人《ひと》とも）はもとより、あの山上憶良からも挽歌は贈られて来なかった。

とりわけ憶良は、上司の旅人を限りなく敬愛し、精魂込めた力作を次々と謹上して親しく享受して貰《もら》ったから、五歳も年下の旅人に先立たれたことは、寄るべき大樹を突如失って、いかに大きな衝撃を受けたかは想像に難くない。

旅人帰京の直前、

吾《あ》が主の御霊《みたま》給ひて春さらば奈良の都に召上《めさ》げ給はね　（巻五、八八二）

とすがらんばかりに都への帰還を懇望した「私懐」は、旅人上京によって道が開けたのか、秋のころには旅人の死と相前後して任を解かれて帰京が叶うことになったらしい。とすれば、旅人の霊前に額《ぬか》づいて慟哭したこともありえないことではない。暫《しばら》くは信じがたい思いで自己も失い、ひたすら静かに冥福を祈りつつ独り暮らす日が続いたことであろう。これもまた、すべなき世の中の道（巻五、八九二、憶良）と感得せざるをえなかったことだろう。

旅人の死を悼《いた》んで歌を残したのは、その身辺の警護や雑役を忠実に務めてきた資人の余明軍であった。旅人には朝廷から、従二位の位分資人《いぶんしじん》が八十人、大納言の職分《しきぶん》資人が百人与えられたはずだが（「軍防令《ぐんぼうりょう》」）、三位時代の六十人（中納言にはなし）に比べれば、三倍も多い。すでに養老五年（七二一）三月に帯刀資人四人を賜っているから、あるいはその一人として、明軍は従三位時代（この年正月に昇叙）から十年余も親しく仕えていたのかもしれない。

教養ある百済《くだら》の王族系の渡来人で、旅人を敬慕してやまない篤実な人柄は、左注の「犬馬《けんま》の慕《したひ》」という比喩によく示されている。これは『文選』等に多く見られるものだが、吉田宜も旅人に対する思慕の心を、「誠、犬馬に逾《こ》え」（巻五、書簡）と表現していて、逆に、旅人の温厚で器《うつわ》の大きな優しい人柄を彷彿させるものがある。

天平三年辛未《しんび》、秋七月に、大納言大伴 卿《まへつきみ》 の薨《みまか》りし時の歌六首

愛《は》しきやし栄えし君の座《いま》しせば昨日も今日も吾《わ》を召さましを　（巻三、四五四）
かくのみにありけるものを萩の花咲きてありやと問ひし君はも　（巻三、四五五）
君に恋ひいたもすべ無み葦鶴《あしたづ》の哭《ね》のみし泣かゆ朝夕《あさよひ》にして　（巻三、四五六）
遠長く仕へむものと思へりし君し座《ま》さねば心神《こころど》もなし　（巻三、四五七）
若子《みどりこ》の這《は》ひたもとほり朝夕《あさよひ》に哭《ね》のみぞ吾《あ》が泣く君無しにして　（巻三、四五八）

右の五首は、資人余明軍の、犬馬《けんま》の慕《したひ》に勝《あ》へず、心の中《うち》に感緒《おも》ひて作れる歌なり。

旅人の好み求めた萩（巻八、一五四一・一五四二　巻六、九七〇）や葦鶴（巻六、九六一　巻四、五七五）などの風物を中心に配し、日並皇子尊《ひなみしのみこのみこと》（草壁皇子）の舎人らの慟傷歌群《どうしようか》（巻二、一七一―一九三）の発想を揺曳《ようえい》させながら（例えば、一八四と四五四、一七六と四五七の関係など）、主人への真率《しんそつ》の情を尽くした個人の作となっている。

朝命によって看護に当たっていた県犬養人上も、旅人の最期を見届けることになって、次のように悲しみの別れを告げた。

見れど飽かず座《いま》しし君が黄葉《もみちば》の移りい去《ぬ》れば悲しくもあるか　（巻三、四五九）

右の一首は、内礼正《ないらいのかみ》県犬養宿禰人上に勅《みことのり》して、卿《まへつきみ》の病《やまひ》を検護せしめき。しかれども医薬験《しるし》無くして、逝《ゆ》く水留らず。これに因《よ》りて悲慟《かなし》みて、即ちこの歌を作れり。

第一句・三句に柿本人麻呂の表現（巻一、三六や巻二、二〇七など）を踏まえて、いかにも官人らしい悲情の示し方と言えよう。

資人である余明軍は、一年間の服喪の後解任されて式部省に送られることになり（「喪葬《そうそう》令《りよう》」「選叙令《せんじよりよう》」）、次のような歌を若い家持に与えて長年仕え慣れた大伴家を去った。

見奉《まつ》りていまだ時だに更《かは》らねば年月のごと思ほゆる君　（巻四、五七九）

あしひきの山に生《お》ひたる菅《すが》の根のねもころ見まく欲《ほ》しき君かも　（巻四、五八〇）

家持の幼少時代から、親しく世話をしてきた年月も夢のように過ぎて、なおも末長く心を尽くして仕えたいとの思いは切実なのに、それが叶わぬ無念のつらさを披瀝《ひれき》する。亡き本主《ほんしゅ》の晩年の心中を察する時、明軍としては旅人の後継者家持との別離はとりわけ耐えがたく、後髪の引かれるものがあったことだろう(2)。

こうして旅人の死から一年が過ぎ、天平四年の秋も暮れて行く。従二位になって半年後の薨去であったためか、遂に位階の追贈はないままに終わった。

旅人の文学

旅人は、六十七歳の生涯の中で七十二首の和歌を残したが、これは若い時分から均等に詠まれたものではない。そのほとんどが大宰帥として筑紫に在った折の作であって、その前後は帥以前の在京時代のもの二首（巻三、三一五・三一六）、大納言となって帰京以後のもの七首（巻三、四五一―四五三　巻四、五七四・五七五　巻六、九六九・九七〇）を数えるにすぎない。現存する歌では、年齢的には初作の二首でさえ六十歳の時のもので、あとは六十四歳以降の三年間に集中する。この偏在性は旅人の文学を顕著に特徴づけているといってよいだろう。老年という人生の終局において、武門の旅人を文芸に駆り立てたものは一体何であったのか。

それには次の三点がとりわけ重要なかかわりを持っているものと考えられる。すなわち、第一は老身であるがために予期しなかった人生体験にいくつも遭遇したことであり、第二は文芸の創作と享受を共にすることのできる歌友や集団が身辺に存在したことであり、第三は筑紫という鄙《ひな》の地に在《あ》らねばならないことであった。以上の諸点を改めて確認して、旅人にとって歌とは何であったのかを最後にまとめておきたい。

自分だけが年老いてこの世に生き続けるということは、それだけ多くの他の死に出会うことを意味し、また、自身も死の前に身をさらすことにもなる。

大宰府に着任早々、神亀五年（七二八）四月には最愛の伴侶大伴郎女に急逝され、六月には都の近親者（大伴宿奈麻呂《すくなまろ》か。田形《たかた》皇女とも）の訃報がもたらされ、翌年二月には期待と信頼を寄せていた長屋王の悲劇的事件に遭《あ》い、挙句《あげく》には天平二年（七三〇）六月に自《みずか》らも脚《あし》に瘡《かさ》を生じて生死の境《さかい》をさまよう破目に陥《おちい》る。わずか二年の間に立て続けに押し寄せた怒濤《どとう》のような深刻な事態は、武門の名族としての誇りも「遠《とお》の朝廷《みかど》」を統轄《とうかつ》する官人としての意識も阻喪《そそう》しかねない、これまでの人生観を覆《くつがえ》すような、運命の重大事であったと言わねばならない。

それらの、死という人生の究極的課題から旅人の歌の出発と展開があったことは注目に価《あたい》する。死という冷厳な事実が旅人に人生への省察を深め、歌という表現手段を用いて自己表出へと向かわせたのである。しかし旅人は、憶良のようにそれを文章や長歌によって思想として述べる方向はとらずに、短歌形式を縦横に駆使して（長歌は七十二首中一首のみ〈巻三、三一五〉）終始抒情的な表出を貫《つらぬ》いたのであった。

その典型が、事に触れて詠み続けた亡妻悲傷歌《ぼうさいひしょうか》（巻三、四三八—四四〇・四四六—四五〇・四五一—四五三　巻六、九六一　巻八、一四七三など）である。それは「禍故重畳《かこちょうじょう》（災《わざわ》いの重なり）」（巻五、七九三前文）による「世間虚仮《こけ》・世間空」という仏教教理の認識の到達に発し、崩心の人間的哀《かな》しみを賢しらぶって押し殺したりせずに、「かなしかりけり」（巻五、七九三）・「苦しかりけり」（巻三、四五一）と素直に吐露することによって、昇華《しょうか》と自己救済が可能となることも知ったのであった。世の無常の認識が諦念として思想化され、それによって救われるという方向とは逆に、人間的情念や迷妄の中におのれをたゆたわせる道を選んだのである。柿本人麻呂や高市黒人《たけちのくろひと》は荒廃した宮都を見て、はじめて「悲しも」と悲哀の情を打ち出したが、旅人は人生の不条理を哀しみ、徹底して自己に引き付けてわが情《こころ》を歌い上げたのであった。だから亡妻を詠む歌々は、直接故人を悼《いた》むよりも、一人残されたおのれの悲嘆に重点が置かれる。亡妻のための挽歌であるよりは、旅人自身の悲傷歌なのである。

単に主情的・直情的に亡妻追慕の思いを露《あら》わにするだけでなく、梅花の宴の主人詠（巻五、八二二）やその追和歌（巻五、八四九―八五二）あるいは讃酒歌（巻三、三三八―三五〇）などに韜晦《とうかい》させて、悲傷の情を投影させてもいる。これは旅人文学の中軸をなしたテーマと言ってよいだろう。

一方、長屋王の死を直接哀悼《あいとう》する挽歌は、倉橋部《くらはしべ》女王の一首（巻三、四四一）を伝えるのみで、旅人の歌は残ってはいない。藤原氏との関係もあり、また大宰帥という公の立場がそれを憚《はばか》らせたものかと思われるが、これまた断腸《だんちよう》の涙を禁じえない痛恨《つうこん》の思いであったことだろう。天平二年正月に催《もよお》された、園梅を賦《ふ》したみやびの歌宴の裏には、個人的には長屋王や大伴郎女の不運な魂を慰撫《いぶ》しようというひそやかな願いが込められていたのではないかと想像される（拙稿「老病死の意識」『筑紫文学圏論　山上憶良』）。

また、遂《つい》にわが身に襲いかかってきた瀕死の重病についても、最後まで歌わなかった。進行する老いの自覚はつのって、嘆老を望京のテーマにすべり込ませて詠むことはあったが（巻三、三三一・三三二　巻五、八四七・八四八）、自己の病や死と正面から対決する姿勢をとることはなかった。辺境での死という忌《い》まわしさからか、自己の魂の救いにならぬと考えたゆえか、あるいはまた、生き抜く意志も作歌の意欲も一時的に喪失したためであろうか。

第二に、旅人周辺にあって、旅人を支えて盛んな文芸活動を醸成した人々の存在がある。言うまでもなく、それは筑前守山上憶良、造筑紫観世音寺別当沙弥満誓、大弐紀卿などの都から下向した知識人たちであった。

憶良は、大伴郎女の死去を契機として、悼亡詩文《とうぼうしぶん》や日本挽歌（巻五、七九四―七九九）を「謹上」、旅人の歌作を促《うなが》して以来、多くの作品を旅人に提示しては、おのれの「士《をのこ》」としての志を開陳した。上司である旅人への深い信頼感と親近感に基づき、伝統的な和歌の枠《わく》からはみ出した、いわば異体の新風のよき理解者として、旅人のような人物を求めたのでもあった。

旅人はそれと直接応酬し合うような対応は見せてはいないが、それをきっかけとして歌心が強く刺激され、単に量において多《た》であるのみならず、質において新《しん》という展開を示すことになったのである。老病死という人生の終局の課題を共有して、深い人間理解に支えられた個性的な映発関係が、二人の間にはあったのである。

満誓は旅人としばしば宴に同席し、旅人帰京後、贈答歌を取り交《か》わしていることからも知られるように、気の置けない親しい間柄であったことを思わせる。出家の身であり、府の官人でも国司でもないだけに、かえって気安い風流の友であったのだろう。

紀卿は、その作であると判明している歌は梅花の宴の一首のみだが、大弐として一目置かれ、憶良と共にこの歌宴を企画したであろうし、府の官人を交《まじ》えた共作的集団詠をまとめる役割を果たしていたのではないかと想像される。『万葉集全注釈』の推定のように、「紀朝臣男人」のことであれば、かつて憶良と共に東宮《とうぐう》（首皇子《おびと》）への進講を務めた人であり、『懐風藻』にも三首の詩を残していて、漢文学圏の俊英ということになる。旅人の序文のよき理解者であり、あるいはその共作者として力を合わせたことも考えられる。

さらには少弐の小野老も、長屋王左大臣・旅人中納言時代に右少弁《うしようべん》として太政官の構成員の一人であり、歌に巧みだったので、旅人から歌の相手として親しく遇せられていたものと思われ、この中の一人に加えてもよいだろう。

彼らはいずれも、かつてのかかわりを持ち越したきわめて親密な人間関係の中で、都の知識人としての誇りに満ちて、天《あま》ざかる鄙のみやびの形成に力を揮《ふる》い、旅人の意思の実現に貢献したのであった。旅人の歌は、先立つ彼らの歌に誘い出されるようにして、詠出されることが多かったことも、見落としてはなるまい。

また、第三に、多くの死とかかわって筑紫という辺境が、旅人を歌作に専念させる大きな要因をなしたことが挙げられる。野蛮にして粗暴な鄙の地は平定醇化《じゅんか》すべきものでこそあれ、その中に馴染《なじ》んで生の平安を得ることのできる空間ではなかった。それどころか、大伴郎女のように行路死人《こうろしにん》さながらに異郷の土と化すことを恐れ、終始、違和感と拒絶感を抱いていたものと見られる。それが常に彼の心を京（奈良・吉野・飛鳥）へと向かわせ、文学的営為《えいい》の中にみやびなるものを追求することによって、その心を満たそうとしたのであった。飽《あ》くことなく望郷歌を詠み続け、松浦川の仙境などの仮想された異次元空間を創造し、その中に遊んだのもその表れである。

結局、旅人が歌を通して描いた、大伴郎女像にしても故郷にしても虚構空間にしても、すべて仮想空間のかなたに幻視された世界にすぎなかった。眼前には存在しないところの非実在の世界の中に、おのれの魂の解放の場を捜《さが》し求めたのであった（拙稿「時空意識」『大伴旅人　筑紫文学圏』）。

最後に、旅人文学を特徴づける様式《スタイル》について触れておきたい。

旅人には、単独の作や贈答歌など他にもよく見受けられるものもあるが、歌を群として配列することに意を用いたものが少なくない。それが個人詠の場合はいわゆる連作の手法を多用し、二首から成るもの（巻五、八四七・八四八　巻八、一五四一・一五四二）、四首から成るもの（巻五、八四九―八五二）、五首から成るもの（巻三、三三一―三三五）、さらには讃酒歌のように十三首にも及ぶもの（巻三、三三八―三五〇）、また時間的・物語的展開を遂げるもの（巻三、四三八―四四〇・四四六―四五〇・四五一―四五三　巻五、八一〇・八一一）までである。

集団詠の場合になると、香椎《かしい》の浦での官人歌群（巻六、九五七―九五九）のように、旅人が口火を切って同行の官人たちがそれに続けて懐《おもい》を述べるもの、梅花の宴歌群（巻五、八一五—八四六）のように、園梅を賦すという共通の目的に沿って参会者が順次詠み次いで流れを形成するもの、松浦川逍遥《しようよう》歌群（巻五、八五三—八六〇）や領巾麾《ひれふり》の嶺《みね》歌群（巻五、八七一—八七五）のように、旅人の序文と和歌を承けて周辺の官人たちが共作によってその展開を図《はか》るものなどがある。しかも、梅花の宴歌群や松浦川歌群の場合は、旅人はその後に追和の作（巻五、八四九—八五二・八六一—八六三）を添えて、不参加者の立場まで含めて全体の流れを収束しており、領巾麾の嶺歌群では共作的展開の中に追和の手法を採り入れている。共に筑紫文学圏における新しい試みである（拙稿「天平二年作歌群の追和歌」『筑紫文学圏と高橋虫麻呂』）。

集団的歌詠においては、原則として個人の名を表に掲《かか》げず、個人の作であることを主張しようとしないところに特色がある。それが歌巻《かかん》として記録化される時には、概《おおむ》ね〝典拠を持った旅人の序文（漢文）＋旅人と官人集団による共作の和歌群＋旅人の個人的追和歌群＋第三者の反応歌群〟という、漢和混融《こんゆう》の大規模な形態にふくらんで完成を見た。これは短い短歌形式の限界を大幅に打ち破って、その新しい可能性を切り開いたものであった。内容的にはみやびの歌巻ともいうべきこの形は、漢と倭、叙事と抒情とが混然一体となって、従来の和歌の範疇《はんちゅう》をはるかに超越した新体の文学様式を開示して見せたと言ってもよい。

結び

このように、鄙という隔絶された辺境に在って老いの身に苛酷《かこく》な人生体験を重ねたことが、武人旅人をして文人旅人へと向かわしめ、鄙の風土を拒否し続けて都《みやこ》びた自己を貫くために歌作に専念させたのであろう。時間と空間の二重の〝果て〟に追い込まれた現況からの離脱の願望を、歌という文芸的手段を通じて果たそうと努め続けたのである。

しかもそれは、限りなく都的なものを志向しながら、都の拘束からは全く自由である点において、かえって都の伝統的な旧態を超えて自在な新体を創出する結果となった。ここに、筑紫文学圏の文芸が、万葉史の中でひときわ光彩を放つ所以があると言うことができるであろう。

注(1) 小島憲之氏は、『懐風藻』の時代区分を長屋王を中心として前期（第一期・第二期）と後期（第三期・第四期）に大別され、旅人の作は第二期（壬申の乱以後、養老以前）に含めて考えておられる（日本古典文学大系『懐風藻　文華秀麗集　本朝文粋』

解説）。

（2）東野治之氏は、明軍が転職後もなお本務とは別に大伴家の家政にかかわる可能性を検討し、これらの作を、新たに大伴家の当主となった家持に、変わらぬ敬愛と忠誠の意を示したものと解する新見を示される（「長屋王家と大伴家」『長屋王木簡の研究』）。

秀歌鑑賞

【16】

還《かへ》るべく時はなりけり京師《みやこ》にて誰《た》が手本《たもと》をか我が枕《まくら》かむ　（巻三、四三九）

左注に「京に向ふ時に臨近《ちか》づきて作れる歌」とある二首の第一首目である。旅人は神亀四年（七二七）の末か五年のころ、大宰帥に着任した。不安な政治的状勢のなかで奈良の都を遠く離れた旅人にとって、特に大きな精神的打撃となったのは着任して間もなくの妻の死であった。その悲しみを「愛《うつく》しき人のまきてししきたへの我《わ》が手枕《たまくら》をまく人あらめや」（巻三、四三八）、「世の中はむなしきものと知る時しいよよますます悲しかりけり」（巻五、七九三）と歌っている。

懐郷《かいきょう》の念に強く駆られていた旅人が都に帰ることができるようになったのは、天平二年（七三〇）の末である。では、帰れるようになって旅人は喜んだか。喜びでないことはないが、右の作はいよいよ帰れるようになりはしたものの、都でその腕を枕する妻のいないことを強く歎《なげ》いている。第二句の「けり」はいよいよ帰ることになったのだなという感慨であり、そして「なりけり」という鋭《するど》い音での二句切れの深さが一首をしみじみとした味わい深いものにしている。逆接表現を直接用いず、その句切れの深さはいわば沈黙の逆接表現と言える。

【17】

京《みやこ》なる荒れたる家にひとり寝《ね》ば旅にまさりて辛苦《くるし》かるべし　（巻三、四四〇）

「京に向ふ時に臨近《ちか》づきて作れる歌」の第二首目。奈良の佐保に住居はあった。中納言の旅人の留守宅がそれほど荒廃していたとは思えないが、長い間の主《あるじ》と妻の不在の家が「荒れたる」と感じられることはあろう。しかし、この場合、共に帰る妻が世にいないという意識が「荒れたる家」の表現を選ばせていると言うべきであろう。下句《しもく》の伏線というには余りにもまとも、だがこの第二句を含めて一首すべて真率《しんそつ》なのが旅人の歌の特色と魅力である。六十六歳で「ひとり寝」の辛苦《しんく》をあけすけに歌う旅人。無技巧に見える歌の至純の調べが説得力を持つ。

第四句に「旅」の語がある。言うまでもなく、大宰府も旅の地である。つまり、旅人は妻なきまま大宰府の地にようやく耐えたのだが、妻と共にかつて睦《むつ》まじく住んだ思い出を持つ家に一人で暮らすことになるだろう一層の辛苦を思いやっている歌である。

妻の死は神亀五年（七二八）初夏の頃と思われるから、妻を喪《うしな》って約二年半後の右の二首を読むと、旅人の悲傷が癒《い》えぬどころか逆に深まっているのが感じられる。単に愛妻家ということで片づけてはならぬ、旅人の人間性について思いを致すべきであろう。

【18】

大和道《やまとぢ》の吉備《きび》の児島《こしま》を過《す》ぎて行かば筑紫《つくし》の児島《こしま》思ほえむかも　（巻六、九六七）

「大納言大伴卿、和《こた》ふる歌二首」の詞書を持つ作品の第一首目。旅人は天平二年（七三〇）十二月、大納言を兼任することになり、大宰府を去って奈良の都に向かい出発した。この日、防備用の水城《みずき》で馬をとめて大宰府の家を顧《かえり》みたとき、児島という名の遊女が、別れは易《やす》く、再び会うことは難しいと涙をふいて、みずから袖を振る歌を吟じたという。「おほならばかもかもせむを恐《かしこ》みと振《ふ》りたき袖《そで》を忍びてあるかも」（巻六、九六五）、「大和道《やまとぢ》は雲隠《くもがく》りたりしかれども我《わ》が振《ふ》る袖《そで》を無礼《なめし》と思《も》ふな」（巻六、九六六）の二首で、旅人の掲出《けいしゆつ》歌はそれに答えた歌である。

「吉備の児島」とは岡山県の児島半島だが、その地名と人名との同音の重ね合わせという機知が洒落《しやれ》ている。しかも、第三句の字余りが効果的で、一首を決して軽いものにしていないのがさすがである。都の雅《みやび》の者らしい、遊女への爽《さわ》やかな挨拶の歌だ。安西均《あんざいひとし》がこの歌のリズム感を指摘し「そのリズム感は、別離の悲哀よりも、むしろ帰京のよろこびさえ含んでいて、ことばの上では別れがたいと言いながらも、リズムはそれを裏切ってうれしげに弾《はず》んでいる」（中西進編『万葉二』所収「愛の美学」）と言っていることに近い内容を私も感じる。

【19】

大夫《ますらを》と思《おも》へる我《われ》やみづくきの水城《みづき》の上《うへ》に涙《なみた》拭《のご》はむ

（巻六、九六八）

「大納言大伴卿、和《こた》ふる歌二首」の第二首目。「大夫と思へる我や」は他にも用例がある。この上二句について斎藤茂吉《さいとうもきち》は『万葉秀歌』で「その頃の常套語《じょうとう》で軽いといへば軽いものである」と書いている。「大夫」と自負し思っているこの自分が、と言いながら、一首のポイントは下に置いてある。「みづくきの」は水城にかかるリズミカルな枕詞である。そして、「大夫」にぴったりの場面が水城であり、そんな水城の上の「大夫」が「涙拭はむ」というところがこの歌の特色であろう。涙を流すまいでなく、流した涙を拭おうかというところに味わいがある。もちろん、「大夫」は涙を流すべきでないという思いがあるからだ。遊女の児島を心から喜ばせる見事な返しの歌である。茂吉は『万葉秀歌』で「当時の人々は遊行女婦といふものを軽蔑せず、真面目にその作歌を受取り」云々《うんぬん》と書いているが、確かに旅人のそんな人柄が感じられる。遊女の方はともかく、旅人には特別の深い愛情があったとは思えない。亡妻が旅人の心を占めていたに違いない。

なお、この歌については「語戯、その背後に感じられる余裕と機知、女をいとおしみ、いたわり、気遣《づか》ってさえいる風情」から旅のさなかの歌でなく、出発前の送別の宴の歌ではあるまいかという解釈も大岡信《おおおかまこと》から出されている（『私の万葉集二』）。

【20】

吾妹子《わぎもこ》が見し鞆《とも》の浦《うら》のむろの木は常世にあれど見し人ぞなき　（巻三、四四六）

「天平二年庚午《かうご》冬十二月、大宰帥大伴卿、京に向かひて道に上る時、作れる歌五首」の第一首目。五首中の初めの三首には「鞆の浦を過ぐる日作れる歌」の左注がある。鞆の浦は広島県福山市《ふくやまし》にある。古くから瀬戸内海の港として知られ、港が巴形《ともえ》をしていることから巴津《ともえつ》とも言われた。

わがいとしい妻が往路に見た、ここ鞆の浦のむろの木は長く命を保っている、しかし妻はこの世にいないという歌だが、歌い出しの「吾妹子」が先《ま》ず読者に強い印象を与える。この一首の主題であると同時に、以下に続く連作の主題を冒頭に提示していると言える。旅人は「酒を讃むる歌十三首」がそうであるように、すぐれた連作歌人《れんさく》である。この一首について言えば、「吾妹子が見し」を省《はぶ》いても意味は伝わるし、その方がスマートな歌になりそうだ。しかし、旅人は切迫《せっぱく》した思いを吐き出すように初めに「吾妹子が見し」と荘重に歌い出し、結びでまた「見し人ぞなき」と重ねて歌っている。なお、むろの木は杜松《ねず》の古名で、ヒノキ科の常緑《じょうりょく》の木である。霊木《れいぼく》として信仰されていたという説がある。

【21】

鞆《とも》の浦《うら》の磯のむろの木見むごとに相見《あひみ》し妹は忘らえめやも　（巻三、四四七）

「鞆の浦を過ぐる日作れる歌」の第二首目。「磯のむろの木」とある。つまり、このむろの木は環境の厳しい岩間に立っていることが示されている。そもそもが瘠《や》せた土地に成育するらしいから、そんなところの高木《こうぼく》であれば霊木として信仰されたことは十分に想像できる。

「見むごとに」は今後見るならその時はいつもの意だが、現在だけでなく将来のことも言っているのは永久にと言っているのであろう。「相見し」は柿本人麻呂の「去年《こぞ》見てし秋《あき》の月夜《よ》は渡《わた》れども相《あひ》見し妹はいや年離《さか》る」（巻二、二一四）と同じ用い方である。

結句の「忘らえめやも」に旅人は思いをこめている。第一首の結句《けつく》は「見し人ぞなき」だったが、それを承《う》けて続くこの歌ではどうして忘れられようか、忘れられないと悲しんでいる。

【22】

磯《いそ》の上《うへ》に根ばふむろの木見し人をいづらと問《と》はば語《かた》り告《つ》げむか　（巻三、四四八）

「鞆の浦を過ぐる日作れる歌」の第三首目。上二句《かみ》は前の歌の「磯のむろの木」をさらに具体的に述べたという理解では不十分であろう。「根ばふ」という動詞が使われることによってむろの木は意志を持つごとき存在となり、岩の上に根を張っているその姿はいかにも霊木の感がする。第一首のただの「むろの木」から第二首の「磯のむろの木」、そして第三首の「磯の上に根ばふむろの木」と、連作上の見事な展開である。

そして、擬人的用法の「語り告げむか」が生きているのもこの上句ゆえである。「いづら」の「ら」は漠然とした空間をさす接尾語で、「いづこ」よりもその場所が特定できない感じである。旅人とてむろの木に問いかけたところで答えが返ってくるとは思えない。にもかかわらず、かく歌っているところに旅人が亡き妻を想う心情が強く出ているのである。「か」の疑問が読者の心にいつまでも悲しく響《ひび》く。

この歌の解釈で、むろの木が作者に問いかけるというもう一つの考えがあるが、それではこの歌の魅力は半減するし、三首の連作も完成しないと私は思う。

なお、古橋信孝《ふるはしのぶよし》は『万葉集―歌のはじまり』の中で「死者の魂を鎮《しず》める歌」としてこの歌を理解している。長忌寸意吉麻呂《ながのいみきおきまろ》が刑死した有間皇子《ありま》の結び松を見て哀しみ咽《むせ》んで歌った「磐代の野中に立てる結び松心もとけず古《いにしへ》思《おも》ほゆ」（巻二、一四四）について、「心もとけず」とは「松の心が解けない」という意で、そのように歌っているのは「有間皇子が安全祈願として松の枝を結びながら、それを解いていないからである。松は祈願されたままの状態であり続けねばならないのだ。有間皇子の魂が結び止められ、そこに留《とど》まってしまっている」と解釈している。

そして、その上で古橋信孝は、旅人の「むろの木」三首は「行きにむろの木に安全祈願をした妻が解くことができない」という状況の歌と見ることができ、「語り告げむか」の歌は「祈願した妻の魂がこのむろの木に留まっているから、こう詠める。したがって、旅人は妻の魂を鎮めなければならない。そういうモチーフで詠まれた歌なのだ」と記しているのを紹介しておく。

【23】

妹《いも》と来《こ》し敏馬《みぬめ》の崎を還るさにひとりし見れば涙ぐましも　（巻三、四四九）

「京に向かひて道に上る時、作れる歌五首」の後半の作で、左注に「敏馬《みぬめ》の崎を過ぐる日作れる歌二首」とある中の第一首目。敏馬は兵庫県神戸《こうべ》市灘《なだ》区の西郷川《さいごうがわ》河口付近で、難波津《なにわつ》と淡路島《あわじしま》の中間にある港である。

鞆の浦よりさらに都に近づいたところで、妻のないことに哀しみがますます募《つの》っている歌である。鞆の浦の三首は「見し人ぞなき」「忘らえめやも」「いづらと問はば」と亡妻を歌っていたが、敏馬のこの歌は端的に「涙ぐましも」である。第二首目は「行くさには二人《ふたり》我《わ》が見しこの崎をひとり過《す》ぐれば心悲《がな》しも」（巻三、四五〇）であり、こちらの結句も端的に「心悲しも」である。ただ、どちらの歌も過去と現在をオーバーラップさせた敏馬の崎の大きく美しい風景が結句を単なる感傷におとしめない効果をもたらしている。うつろわぬ自然に向かう、うつろいやすい人間。そんな人間の一人であるという自覚が感じられる。

なお、「敏馬」の二首は「鞆の浦」の三首のような展開のある連作ではない。と言うより、同一の内容をどう表現を変えて歌うか、その試みの見られる連作二首と言えよう。

【24】

人もなき空《むな》しき家は草枕旅《くさまくらたび》にまさりて辛苦《くるし》かりけり　（巻三、四五一）

「故郷の家に還《かへ》り入《い》りて、即ち作れる歌三首」の第一首目である。すでに見たように、大宰府出発前から亡き妻のことを思い、行路の途中の鞆の浦また敏馬で忘れ得ぬ妻を思い、故郷が近づくにつれて想いが一層募った旅人である。家に帰り着いてすぐに歌を詠んだというのは領《うなず》ける。

「空しき家」は愛する妻のいない家の意である。詞書に「還り入りて」とあり、なつかしい住居のなかを歩き回っての感慨であろう。

この歌は「京《みやこ》なる荒れたる家にひとり寝ば旅にまさりて辛苦《くるし》かるべし」（巻三、四四〇）に呼応している。つまり、大宰府で想像した「京なる荒れたる家」が「人もなき空しき家」の現実となって歌われており、同じく「辛苦かるべし」はやはりそうだったと「辛苦かりけり」と歌われている。四五一は四四〇がすでにあるので新鮮味に乏しいという意見もある。しかし、私は敢えてこの二首を作ったところに連作歌人旅人の特色を見ることができると思う。「荒れたる家に」「空しき家は」の助詞の使い方一つにしても細かい配慮がなされている。

【25】

妹として二人《ふたり》作《つく》りし我が山斎《しま》は木高《こだか》くしげくなりにけるかも　（巻三、四五二）

「故郷の家に還《かへ》り入《い》りて、即ち作れる歌三首」の第二首目。今度は家の外の庭をしみじみと眺めている歌である。「山斎」とは泉水《せんすい》や築山《つきやま》などのある庭園を意味する。

四年近く家を空《あ》けていた間に、かつて妻と二人で作った庭園の樹木は丈《たけ》高くなり、葉は茂《しげ》り重なっているというのである。まったく手入れがなされなかったということはあるまい。いくらか手入れが不十分であったにしても、下句は手入れ云々の問題ではなく、妻と作った庭園が姿を変え、趣《おもむき》を変えていることの歎き、即ち妻が亡いことの歎きの表現である。その歎きを格調をもって歌っている。「なりにけるかも」の結句の哀切な響きはさすがである。

下句に自然の成長を読みとる人もあるだろうか。高木市之助《たかぎいちのすけ》がこの歌に触れて、旅人は「妻と共同した造園の空《むな》しさをその庭樹《ていじゆ》の繁茂《はんも》による自然的繁茂以上に痛感し」ているのであり、「そこに見出されたのは植樹の生長繁茂の喜びなどではないはずである」（『大伴旅人・山上憶良』）と記しているのに私も共感する。

【26】

吾妹子《わぎもこ》が植《う》ゑし梅《うめ》の木見るごとに心むせつつ涙《なみた》し流る　（巻三、四五三）

「故郷の家に還《かへ》り入《い》りて、即ち作れる歌三首」の最後の歌。第一首目で家を歌い、第二首目で庭全体を歌ったが、この歌は庭のなかでも特に妻の植えた梅の木をクローズアップして歌っている。

梅の木は当時中国から渡来した新しい植物だった。旅人の大宰帥時代の天平二年（七三〇）正月十三日の観梅《かんばい》の宴は有名であり、中国の言葉・思想・歴史を教養として身につけていた旅人が梅を愛したことは十分に想像できる。奈良の家の「吾妹子が植ゑし梅の木」は、旅人の梅への愛好を知る妻が夫のために植えた梅の木だったかも知れない。そう理解すれば下句の「心むせつつ涙し流る」という涙もさらによく分かる。つまり、梅の木を通して在《あ》りし日の妻が生き生きと自分に寄せていた愛情を思い起こし、作品上で男泣きしているのである。旅人はすでに六十七歳、老いの孤独を強く嚙《か》みしめざるを得なかった。

「吾妹子《わぎもこ》が見し鞆《とも》の浦《うら》のむろの木は常世《とこよ》にあれど見し人ぞなき」（巻三、四四六）からこの歌までの連続する八首は優れた連作として読むことができる。復路に往路を重ねつつ、なつかしい都が近づくにつれて悲しさが募り、ついに家に着いて涙を流すところで終わる挽歌である。一連八首と捉《とら》えるとき、冒頭の歌の初句《しょく》と掉尾《ちょうび》の歌の初句が共に「吾妹子が」であるところも巧《たく》みで心に残る構成である。

【27】

ここにして筑紫やいづち白雲《しらくも》のたなびく山の方《かた》にしあるらし　（巻四、五七四）

「大納言大伴卿、和《こた》ふる歌二首」の第一首目。大宰府時代に親しく交遊した筑紫観音寺別当の沙弥満誓が「まそ鏡見飽《かがみみあ》かぬ君に後《おく》れてや朝夕《あしたゆふべ》にさびつつ居《を》らむ」（巻四、五七二）、「ぬばたまの黒髪変《くろかみかは》り白髪《しらけ》ても痛《いた》き恋にはあふ時ありけり」（巻四、五七三）と都の旅人を思慕して寄せた歌に答えた二首である。

上二句「ここにして筑紫やいづち」は、都にいては筑紫がいかに遠いかを巧みにしみじみと歌っている。その筑紫が遠いという表現はこの場合かつての友に会いたいと思ってもそうできぬという恋しさの表現である。そのような上句があるから、見えるはずのない筑紫の方角を仰ぎ見ている下句が印象的なのである。「白雲」のシラは「知ラ」ずに通じる。また、中西進氏は遠方を意味する「白雲のたなびく山」は「中国の故事、白雲謡を踏まえた表現」

と指摘している。そして、それらの掛詞《かけことば》的用法に気がつかず中国の故事に関する知識を持たずとも、この下句は大夫《ますらお》の男同士の夢幻のように美しい友情を感じさせる。
なお、石上卿に「ここにして家《いへ》やもいづち白雲《しらくも》のたなびく山を越えて来にけり」（巻三、二八七）の類似の作がある。

【28】

草香江《くさかえ》の入江《いりえ》にあさる葦鶴《あしたづ》のあなたづたづし友なしにして

（巻四、五七五）

「大納言大伴卿、和ふる歌二首」の第二首目。草香江は大阪府東大阪市日下《くさか》町の古地名で、かつては大和川《やまとがわ》と淀川《よどがわ》の合流点にあたり入江《いりえ》になっていた。第三句まではその入江に餌《えさ》をあさる葦鶴のようにという序詞《じょことば》である。つまり、第四句の「たづたづし」を起こすための「鶴《たづ》」である。「たづたづし」は心細く不安な状態であるが、この上句はもちろん単に音の上で下句を引き出すだけでなく、読者に鮮明なイメージを与える。気品のある姿をもち、本来はめでたい鳥である鶴が、鋭い声で寂しげに鳴く姿は、老いた豪族大伴家当主の旅人にぴったりであり、この歌ではしかも仲間を失った孤独の姿である。

ただ、めめしくはない。「草香江」「入江」の「え」の脚韻《きやくいん》、「あさる」「葦鶴」「あな」の「あ」の頭韻《とういん》の響く調べはリズミカルでさえある。一首中に「あ」音が十個以上あるというのも暗さをかき消している。その点は妻亡きを歎く歌とは違っている。

旅人には同じ結句を持つ「君がため醸《か》みし待《ま》ち酒《ざけ》夜須の野にひとりや飲《の》まむ友《とも》なしにして」（巻四、五五五）の作がある。そのことに触れて中西進氏は「旅人はこの二首でともに『友無しにして』という。それほどに彼が『友』なるものを求めていたことを知ると、彼の詩（和歌）は友情を深めるためのものだったのではないかと思えてくる」と書いている（『万葉のことばと四季』）。

【29】

しましくも行きて見てしか神奈備《かむなび》の淵は浅《あ》せにて瀬《せ》にかなるらむ　（巻六、九六九）

「三年辛未《しんび》、大納言大伴卿、奈良家《ならのいへ》に在《あ》りて故郷を思《しの》ふ歌二首」の第一首目。天平三年（七三一）の作で、この年の七月二十五日（太陽暦では九月初旬）に旅人は六十七歳で世を去る。大宰府から都へ帰って一年もたたぬうちにだった。故郷を思うこの二首は辞世の歌とも受けとれる内容である。故郷とは旧京の飛鳥である。旅人は三十歳頃まで飛鳥に住んだ。

しばらくでも行って見たいものだ、という飛鳥の神奈備の丘の淵への憧れ。その淵はだが浅くなってしまって瀬になっているだろうかという思いには、悲しみがこもる。大宰府時代に都に帰ることをひたすら願った旅人だったが、妻に死なれて都に帰っても喜びはなく、その心は神々の住む旧《ふる》い都に最後の救済を求めたのだろうか。しかし、神々のおられるという神奈備の淵ももはや昔のままではあるまいとしみじみと悲しんでいる。旅人は病癒《やまい》えず飛鳥を訪ねることができなかったが、仮に訪ねることができたとしてもかえって悲しみを深めただけだったかも知れない。大夫《ますらお》の旅人も最晩年は病気、老齢、妻の死、そして時流の変化のなかで、さすがに心弱りを見せている。

【30】

指進乃栗栖《くるす》の小野《をの》の萩《はぎ》の花散《ち》らむ時にし行《ゆ》きて手向《たむ》けむ

（巻六、九七〇）

「三年辛未、大納言大伴卿、奈良家に在りて故郷を思ふ歌二首」の第二首目。

初句の「指進乃」は古くから難解難訓で、「さしずみの」他の訓《よ》みがあるが、次に続く「栗栖」の枕詞であろうという説が有力である。その「栗栖」も、いずこの地方とするか幾つかの説があって、特定できない。ただ、第一首目との関連から言えば、やはり飛鳥地方が想像される。この上三句は、四つの「の」音がきわめて印象的である。なめらかなこの歌い出しは「指進乃栗栖の小野」が旅人にとって親しみのある既知のものであることを感じさせる表現であり、そのよく知り尽くした野辺の萩の花への憧れが畳《たた》みかけるようなリズムによく出ている。

じつは資人であった余明軍《よのみようぐん》の「天平三年辛未秋七月、大納言大伴卿薨《みまか》りませる時の歌六首」のなかに、「かくのみにありけるものを萩《はぎ》の花咲《さ》きてありやと問《と》ひし君はも」（巻三、四五五）の歌がある。つまり、旅人が病の床で萩の花は咲いているだろうかと聞いたというのである。

外来の梅を愛した旅人だった。しかし、病の床では旧京の古来の萩の花を心に思い描いている。もちろん、梅の花の季節でないから当然と言えば当然だが、萩の花が歌われているのは象徴的である。そして、病気の今は無理としても、萩の花が散るだろう頃には快癒《かいゆ》して手向けをしたいというのが一首の意味である。もっとも、何に対して手向けをするのかははっきりとしていない。ただ、われわれ読者には、旅人が病の床の心のなかで、萩の花の散るなかに自分の姿をくっきりと立たせていたということは痛いほど伝わってくる。自分自身のための挽歌であったように思われる一首である。

大伴旅人　関係年譜

西暦	天皇	年号	年齢	関係事項　※(　)内算用数字は巻数、漢数字は歌番号を示す	備考
六六〇	斉明	斉明　六		山上憶良生まれる	
六六五	(天智)	天智称制四	一	大伴旅人生まれる(右大臣大伴長徳の孫、大納言大伴安麻呂の長男)	
六六七		六			三月、近江に遷都
六六八	天智	天智　七			正月、天智即位
六七一		十			十二月、天智近江大津宮に没す
六七二	天武	天武　元			六月、壬申の乱
六七三		二			二月、天武即位
六八四		十三	二〇	十二月、大伴連は宿禰の姓を賜わる	
六八六		朱鳥　元			九月、天武没す
六九〇	持統	持統　四			正月、持統即位
六九四		八			十二月、藤原宮に遷都
六九七	文武	文武　元			八月、持統譲位、軽皇子即位(文武)
七〇一		大宝　元			八月、大宝律令完成
七〇七	元明	慶雲　四			六月、文武没す 七月、阿閉皇女即位(元明)
七〇八		和銅　元	四四		二月、新都造営の詔 三月、藤原不比等右大臣、大伴安麻呂大納言

七一〇			三	四六	正月、正五位上左将軍として朝賀に列する（旅人の『続日本紀』における最初の記事）	三月、平城京に遷都
七一一			四	四七	四月、従四位下	
七一二			五			太安万侶『古事記』撰進
七一三			六			『風土記』撰進の命
七一四			七	五〇	五月、父安麻呂没す（大納言兼大将軍正三位。従二位を追贈される） 十一月、新羅使入朝儀衛のため左将軍	
七一五	元正	霊亀	元	五一	正月、従四位上 五月、中務卿	九月、元明譲位、氷高内親王即位（元正）
七一八		養老	二	五四	三月、中納言。この年、家持誕生か	藤原不比等ら養老律令十巻を撰進
七一九			三	五五	正月、正四位下 九月、山背国摂官	
七二〇			四	五六	三月、征隼人持節大将軍に任ぜられ九州に赴く 八月、藤原不比等の死により帰京 十月、長屋王とともに不比等の第で詔を述べ、太政大臣正一位を贈る使いとなる	五月、舎人親王ら『日本書紀』を撰進 八月、藤原不比等没す
七二一			五	五七	正月、藤原武智麻呂・房前らとともに従三位 三月、帯刀資人四人を給う 十二月、元明の営陵に供奉	正月、長屋王、右大臣に任ず 十二月、元明没す

七二四	聖武	神亀	元	六〇	二月、武智麻呂・房前らとともに正三位 三月、吉野行幸時、勅を奉じて長歌を作る(3三一五~三一六) 七月、天武夫人石川大蕤比売没し、第につきて詔を宣べる	二月、首親王即位(聖武)。長屋王、左大臣となる 三月、聖武、吉野行幸
七二七			四	六三	十月頃、大宰帥に任命か 四年末~五年初め、大宰帥となり九州に下向(この間の旅人の消息、『続日本紀』に見えず)	
七二八			五	六四	四月頃、着任後間もなく妻大伴郎女病死 六月、大宰帥大伴卿、凶問に報ふる歌一首(5七九三) 大宰帥大伴卿、弔問の勅使石上堅魚に和ふる歌(8一四七三) 神亀五年戊辰、大宰帥大伴卿、故人を思ひ恋ふる歌三首(3四三八~四四〇。ただし四三九~四四〇は天平二年作) 十一月、香椎浦の歌(6九五七) 石川足人に和ふる歌(6九五六) 帥大伴卿、吉野の離宮を遥かに思ひて作る歌(6九六〇) 帥大伴卿、次田の温泉に宿り、鶴が音を聞きて作る歌(6九六一)	
七二九		天平	元	六五	大宰帥大伴卿、大弐丹比県守卿の民部卿に遷任するに贈る歌(4五五五) 歌詞両首大宰帥大伴卿(5八〇六~八〇七) 大伴淡等の謹状(5八一〇~八一一)	二月、左大臣長屋王、謀反の密告にて自尽 八月、天平に改元、藤原夫人(光明子)立后
七三〇			二	六六	正月、大宰府官人らと梅花宴を催す 梅花の歌三十二首(5八一五~八四六、旅人作は八二二。漢文の序	この年、唐の張文成(『遊仙窟』の作者)没す

は旅人の他の漢文の序に通じる思想を述べる）
員外、故郷を思ふ歌両首（5八四七〜八四八）
後に梅の歌に追和する四首（5八四九〜八五二）
四月、松浦川に遊ぶ（序と歌）…（漢文の序ならびに5八五三〜八五四は旅人作、八五五〜八六〇は大宰府官人たちによる作、八六一〜八六三は旅人作）
六月、足に瘡（はれもの）を生じて数十日間、病床で悩み苦しむ（4五六七左注）
七月、領巾麾之嶺の歌（漢文の序ならびに5八七一〜八七三は作者不明（大宰府の官人某）、八七四〜八七五は憶良作）
十一月、大納言に任ぜられ、十二月、上京（九六五歌題詞、三八九〇歌題詞。このこと『続日本紀』には載せず）
上京の時、児島に和ふる歌二首（6九六七〜九六八）
天平二年庚午冬十二月、大宰帥大伴卿、京に向かひて道に上る時に作る歌五首（3四四六〜四五〇）
故郷の家に還り入りて、即ち作れる歌三首（3四五一〜四五三）
故人を思ひ恋ふる歌（3四三九〜四四〇）

七三一　三　六七
正月、従二位
三年辛未、大納言大伴卿、奈良の家に在りて、故郷を思ふ歌二首（6九六九〜九七〇）
七月二十五日、没（六七歳）

※以下、年次の不確定な作品を挙げる
大宰帥在任中の歌
大宰帥大伴卿、酒を讃むる歌十三首(3三三八～三五〇)
帥大伴卿の歌五首(奈良、吉野、明日香を偲ぶ)(3三三一～三三五)
大宰帥大伴卿、冬の日に雪を見て、京を憶ふ歌(8一六三九)
大宰帥大伴卿の梅の歌(8一六四〇)
大宰府からの帰還後の歌
沙弥満誓に和ふる歌(上京後の感懐)(4五七四～五七五)
大納言大伴卿、新しき袍を摂津大夫高安王に贈る歌(4五七七)
年次不詳の歌
大宰帥大伴卿の歌二首(雄鹿と秋萩を詠む)(8一五四一～一五四二)
年次不詳の漢詩
「五言初春侍宴」(五言、初春、宴に侍す)(『懐風藻』四四)

口語訳付　大伴旅人全歌集

※☆は、作者認定の議論があるが、旅人歌として訳者が認めるもの
★は、旅人作品として訳者は認めないが、旅人歌とする説もあるもの

暮春の月、芳野《よしの》の離宮《とつみや》に幸《いでま》す時に、中納言大伴卿《おほとものまへつきみ》の勅《みことのり》を奉《うけたま》はりて作る歌一首〈并せて短歌　未だ奏上を経《へ》ざる歌〉

3・三一五　み吉野の　芳野の宮は　山からし　貴くあらし　水《かは》からし　清《さや》けくあらし　天地《あめつち》と　長く久しく　万代《よろづよ》に　変らずあらむ　出でましの宮

三月、吉野の離宮への行幸の時に、中納言大伴旅人が、歌を奉れという天皇の仰せを受けて作った歌〈短歌を併せてある。この歌は奏上せられなかった歌である〉。

吉野の宮は、その山の持つ品格ゆえにさすがに尊くあるらしい。その川の持つ品位ゆえにすがすがしくあるらしい。天地と同じく何時までも変わらないであろう、この行幸のある宮は。

反歌

3・三一六　昔見し象《きさ》の小河をいま見ればいよよ清《さや》けくなりにけるかも

反歌

昔に見た象の小河をいま来て見ると、以前にも増してますます清冽な流れになったことだ。

帥《そち》の大伴卿の歌五首

3・三三一　わが盛りまた変若《をち》めやもほとほとに寧楽《なら》

大宰府長官大伴卿の歌五首

私に若々しい盛りがまた戻ってくるとは思えない。

の都を見ずかなりなむ

3・三三二　わが命も常にもあらぬか昔見し象《きさ》の小河を行きて見むため

3・三三三　浅茅原《あさぢはら》つばらつばらに物思《も》へば故《ふ》りにし里し思ほゆるかも

3・三三四　忘れ草わが紐《ひも》につく香具山の故りにし里を忘れむがため

3・三三五　我が行きは久《ひさ》にはあらじ夢《いめ》のわだ瀬にはならずて淵にしあらも

大宰帥《だざいのそち》大伴卿の酒を讃《ほ》むるの歌十三首

3・三三八　験《しるし》なき物を思はずは一坏《ひとつき》の濁れる酒を飲むべくあるらし

3・三三九　酒の名を聖《ひじり》とおほせし古《いにしへ》の大き聖の言《こと》のよろしさ

どうやら懐かしい奈良の都を見ないで終わってしまいそうだ。

私の命もいつまでもあって欲しいものだ。昔見たあの吉野の象の小河をもう一度行って見るために。

浅茅原に生えているつばら（植物名）ではないけれど、つくづくと物思いなどすると、ふる里のことが思われてならない。

忘れ草を着物の紐に結んでいるのだ。なんとか香具山の麓の故郷を忘れようと思って。

私の旅はもう長くはあるまい。吉野の宮滝の夢のわだは、浅い瀬に変わることなどなく淵のままであってくれよ。

大宰府長官大伴卿が酒を讃めたたえた歌十三首

役にも立たないことをあれこれ思い悩むよりは、一杯の濁り酒を飲む方がどうもいいらしい。

酒に聖人とかいう名前をお付けなさった昔の大聖人様の、その仰りようはなんともいいなあ。

3・三四〇　古の七《なな》の賢《さか》しき人たちもほりせし物は酒にしあるらし

中国のあの竹林の七賢人さま達さえも欲しがっていたものは、やはりこの酒であったらしい。

3・三四一　賢《さか》しみと物言ふよりは酒飲みて酔《ゑ》ひ泣きするしまさりたるらし

賢ぶって物を言うよりは、酒を飲んで酔い泣きしている方がよっぽどいいに違いない。

3・三四二　言はむ術《すべ》せむ術知らずきはまりて貴《たふと》き物は酒にしあるらし

なんと言おうとどうしようと、この上もなく尊い物は酒、お酒に違いない。

3・三四三　なかなかに人とあらずは酒壺《さかつぼ》に成りにてしかも酒に染《し》みなむ

いっその事人間様などやめて酒壺になりたいものだなあ。そうしたら体一杯に酒が染みこんで楽しいことだろうよ。

3・三四四　あな醜《みにく》賢《さか》しらをすと酒飲まぬ人をよく見ば猿にかも似む

ああなんと醜いことだ。賢ぶって酒を飲まない人をよく見ると猿に似ていることだろうよ。

3・三四五　価《あたひ》なき宝と言ふとも一坏の濁れる酒にあにまさめやも

値のつけようもない程の宝物なんて言っても、この一杯の濁り酒にどうして勝っていようか。

3・三四六　夜光《よるひか》る玉と言ふとも酒飲みて心を遣《や》るにあにしかめやも

夜に光る珠などと言ったって、酒を飲んで心の赴くままを楽しむのにどうして及ぼうか（及びはしないよ）。

3・三四七　世の中の遊びの道に愉《たの》しきは酔《ゑ》ひ泣きするにあるべくあるらし

世間にはいろんな遊びがあろうが、一番愉しいのはどうも酒に酔って泣いたりくだを巻いたりすることらしいよ。

3・三四八　この世にし楽しくあらば来《こ》む世には虫に鳥にも我はなりなむ

3・三四九　生けるもの遂《つひ》にも死ぬるものにあればこの世なる間《ま》は楽しくをあらな

3・三五〇　黙然《もだ》居《を》りて賢しらするは酒飲みて酔ひ泣きするになほ及《し》かずけり

神亀《じんき》五年戊辰《ぼしん》、大宰帥大伴卿の故人《なきひと》を思《し》恋《の》へる歌三首

3・四三八　愛《うつく》しき人の纏《ま》きてし敷栲《しきたへ》のわが手枕《たまくら》を纏く人あらめや

右一首、別れ去《い》にて数旬を経て作る歌なり

3・四三九　還《か》へるべく時は成りけり京師《みやこ》にて誰《た》が手本《もと》をかわが枕《まくら》かむ

この世で楽しくやれたら、来世という所では罰でも被って虫にでも鳥にでも私はなりましょう。

生あるものは必ず死ぬと言うじゃありませんか。ならばこの世にいる間だけでも楽しくありたいものですなあ。

黙って賢ぶった振る舞いをするのは、酔ってくだを巻くのにやはり及ばないって事だよ。

神亀五年（七二八）、大宰府長官大伴卿が、亡き妻を恋い偲んでの歌三首

いとしい人が枕にしてくれたわたしの手枕を、枕にして添い寝するような人が出てくるわけないではないか。

右の一首は、死別して数十日経って後に作った歌である。

奈良に帰る時になってきた。でも妻のいないあそこで、誰の手本を枕に寝よというのか。

3・四四〇　京《みやこ》なる荒れたる家に一人寝《ね》ば旅に益《まさ》りて苦しかるべし

右二首、京に向ふ時に臨近《ちか》づきて作る歌なり

天平二年庚午《かうご》冬十二月、大宰帥大伴卿の京に向ひて上道《みちたち》する時に作る歌五首

3・四四六　吾妹《わぎも》子《こ》が見し鞆《とも》の浦のむろの木は常世《とこよ》にあれど見し人ぞなき

3・四四七　鞆の浦の磯のむろの木見む毎に相《あひ》見し妹は忘らえめやも

3・四四八　磯の上《うへ》に根《ね》這《ば》ふむろの木見し人をいづらと問はば語り告げむか

右三首、鞆の浦を過ぐる日に作る歌なり

3・四四九　妹《いも》と来《こ》し敏馬《みぬめ》の崎を還《かへ》るさに独りし見れば涙ぐましも

奈良の、荒れ果てた妻のいない家にひとり寝たならば、一人旅よりもどんなにか苦しいことだろう。

右の二首は、奈良の都へ帰郷する時期に近くなってから作った歌である。

天平二年（七三〇）、冬の十二月、大宰府長官大伴卿が、奈良に向かって出発する時に作った歌五首。

妻が見た鞆の浦のむろの木は、いまも変わりなくあるが、それを見た人はもういない。

鞆の浦の磯の上に生えているむろの木。この木をこれから見るたびに、ここでそれを一緒に見た妻のことは忘れることが出来ないだろう。

磯の上にしっかりと根を這わせているむろの木よ。あの時お前を見たわが妻は何処にいるかと尋ねたら教えてくれるだろうか。

右の三首は鞆の浦を通る日に作った歌である。

妻と一緒に来た敏馬の崎を、いま帰る時はひとりで見ることになって涙ぐんでしまうことだ。

3・四五〇 往《ゆ》くさにはふたりわが見しこの崎を独り過ぐればこころ悲しも〈一に云はく、見もさかずきぬ〉

行く時には二人で見たこの敏馬の崎を、帰る時にはひとりで通っていくのだからなんとも悲しいことだ〈一つにはいう、眺めやることもしないで来た〉。

右二首、敏馬の埼《さき》を過ぐる日に作る歌なり

右の二首は敏馬の崎を通る日に作った歌である。

故郷の家に還《かへ》り入りて、即ち作る歌

奈良の家に帰り着いて、そこで作った歌

3・四五一 人もなき空《むな》しき家は草枕《くさまくら》旅にまさりて苦しかりけり

妻の居ない虚ろな家は、旅に較べてもずっと耐え難い場所だろうなぁ。

3・四五二 妹《いも》として二人作りしわが山斎《しま》は木高《こたか》く繁くなりにけるかも

妻と一緒に二人で造ったわが家の庭園は、木々も伸びてこんなにも繁ってしまったものだ。

3・四五三 吾妹子《わぎもこ》が植《う》ゑし梅の木見るごとにこころむせつつ涙し流る

愛しい妻が植えた梅の木。それを見るたびに胸がつまってただただ涙がでることだ。

大宰帥大伴卿の大貳《だいに》丹比縣守《たぢひのあがたもり》の卿の民《みん》部卿《ぶきよう》に遷任《せんにん》するに贈る歌

大宰府長官大伴卿が、大宰府次官の丹比の縣守の卿が民部卿に転任する際に贈った歌

4・五五五 君がため釀《か》みし待ち酒安《やす》の野にひとりや飲まむ友なしにして

あなたに飲んでもらおうと作った酒を、安の野でひとり寂しく飲むことになりますね。あなたがいなく

大納言大伴卿の和へたる歌二首

4・五七四 ここにして筑紫《つくし》やいづち白雲のたなびく山の方《かた》にしあるらし

4・五七五 草香江《くさかえ》の入江にあさる葦鶴《あしたづ》のあなたづたづし友無しにして

大納言大伴卿の新しき袍《うへのきぬ》を摂津大夫《たいふ》高安王に贈る歌一首

4・五七七 わが衣《ころも》人にな着せそ網引《あびき》する難波《なには》男の手には触《ふ》るとも

大宰帥大伴卿の凶問《きようもん》に報《こた》へたる歌一首

過故重畳《くわこちようでふ》し凶問累集《きようもんるいじふ》す。永《ひたぶる》に崩心《ほうしん》の悲しびを懐《むだ》き、独り断腸《だんちやう》の泣《なみだ》を流す。但し、両君の大助に依りて、傾命《けいめい》わづかに継《つ》ぐのみ（筆、言《こと》を尽くさざるは古

なって。

大納言大伴卿が唱和した歌二首

ここからすると筑紫はどの方向だろうか。私の念いを見せるように、白雲が棚引いているのであの山の方角にあたるらしい。

草香江の入江に餌をさがしているあの葦辺の鶴ではないが、なんとも心細く落ち着かないことです。あなた達と離れているものですから。

大納言大伴卿が、新しい袍を摂津職の長官の高安王に贈った歌一首

私が贈る衣は他の人には着せないでください。網引く難波男のような私の手に触れたものではありますが。

大宰府長官大伴卿が凶事の知らせに答えた歌一首。

不幸な事が幾つも重なり、また悪い報せも集まってまいります。ただひたすらくず折れそうな悲しみの中で、独り断腸の涙を流しています。ただあなた方お二人の大変なお力添えを得て、消え入りそうな命をやっと持ちこたえている次第です（筆では十分に意を尽くせないのは、昔も今も嘆きとするところ

今歎《なげ》く所なり)。

でございます)。

5・七九三　世の中は空しきものと知る時しいよよますます悲しかりけり

この世は仮の世、空しいものと言いますが、本当にそういうものだと分かってしまうと、いやますます悲しくなってしまいます。

神亀《じんき》五年六月二十三日

神亀五年（七二八）六月二十三日

歌詞両首、大宰帥大伴卿

歌、二首　大宰府長官大伴卿

5・八〇六　竜《たつ》の馬《ま》も今も得てしかあをによし奈良の都に行きて来むため

千里を駆けるという龍馬を手に入れたいものだ。あなたの居る奈良の都に飛んで行けるように。

5・八〇七　現《うつつ》には会ふよしもなしぬばたまの夜の夢《いめ》にもつぎて見えこそ

現実にはお会いする方法がありません。どうか夢でなりとも毎晩逢いに見えてください。

答ふる歌二首

答えた歌二首

★5・八〇八　竜《たつ》の馬《ま》を吾《あれ》は求めむあをによし奈良の都に来む人の為《た》に

龍馬という天馬を探し求めましょう、奈良まで飛んで来たいというお人の為に。

★5・八〇九　直《ただ》に会はずあらくも多く敷栲《しきたへ》の枕去らずて夢《いめ》にし見えむ

直接にお会いしない月日が重なります。仰る通り夜ごとの夢で会いにいきましょう。

大伴淡等《たびと》謹みて状《まを》す
梧桐《ごとう》の日本琴《やまとこと》一面《いちめん》〈対馬の結石《ゆふし》山の孫枝《ひこえ》なり〉

この琴、夢《いめ》に娘子《をとめ》に化《な》りて曰く、「余《われ》、根を遥島《えうたう》の崇《たか》き巒《みね》に託《よ》せ、幹を九陽《くやう》の休《よ》き光に晞《ほ》す。長く煙霞を帯びて、山川の阿《くま》に逍遥し、遠く風波を望みて、鴈木《がんぼく》の間《かん》に出入す。ただ百年の後に空しく溝壑《こうがく》に朽ちなむことのみを恐る。偶《たまたま》に良き匠《たくみ》に遭ひ、散《けづ》られて小琴に為りぬ。質麁《あら》く音少なきこと顧みず、恒《つね》に君子《うまひと》の左琴《さきん》を希《ねが》ふ」といふ。すなはち歌ひて曰く

5・八一〇　いかにあらむ日の時にかも音《こゑ》知らむ人の膝の上《へ》わが枕《まくら》かむ

大伴淡等が謹んで申し上げます。
桐作りの日本琴一面〈対馬の結石山の木の脇枝です〉

この琴が、夢の中で、娘子になって言いますことに、「わたくしは、遥かな対馬の高い峯に根をおろし、幹を天高く張り燦々たる陽光にさらしていました。長い間雲と霞に包まれて、山川の間をさすらい、遠く海上の風波を見るだけで、有用と無用の間にあったと申しましょうか、ただ百年後に、空しく谷底に朽ちていくことを恐れておりました。たまたま良き木工の匠に遭って、切られて小さな琴となりました。決して質も良くなく、音色も劣るのですが、そんなことを顧みないで、長く貴人のお側に置かれる琴になることを願っています」という。そして歌いますに、

いつの日にか琴の音色を聞き知ってくださる人の膝を枕にすることでしょうか。

5・八一一

僕《われ》、詩詠《うた》に報《こた》へて曰く

言問はぬ樹にはありともうるはしき君が手馴《たな》れの琴にしあるべし

琴の娘子《をとめ》答へて曰く

敬《つつし》みて徳音《とくいん》を奉《うけたま》はりぬ。幸甚《かうじん》幸甚といふ。片時ありて覚《おどろ》き、即ち夢《いめ》の言《こと》に感じ、慨然として止黙《もだ》あるを得ず。故《かれ》に公《おほやけ》の使ひに付けて、聊《いささ》か進御《たてまつ》る〈謹状不具〉。

天平元年十月七日、使に付けて進上《たてまつ》る

謹通　中衛高明閣下　謹空

☆

梅花の歌卅二首　幷せて序

天平二年正月十三日、帥老《そちのおきな》の宅《いへ》に萃《あつ》

わたくしめが、その詩詠に答えまして、

物を言わない木ではあっても、素晴らしい方のご愛用の琴にきっとなれますよ（わたしがお世話しましょう）。

琴の娘子が答えまして、

心より素晴らしいお言葉を頂きまして、この上なく幸せでございます、と申すのです。しばらくして目が覚めましても、どうしても夢の中の娘子の言葉が耳に残り、溜め息をつき、そのまま黙っていることも出来ません。そこで、公用の使ひの者についでを頼んで、ほんのつまらぬ物ですが差し上げる次第です（謹んで申しあげました。要領を得ませず失礼）。

天平元年（七二九）十月七日、使いに託して差し上げます。

謹んで中衛高明閣下へ　謹空。

梅の花の歌三十二首併せてその序

天平二年正月十三日、わたしの屋敷に集まって宴まり宴会を申《の》ぶ。時に初春の令月《れいげつ》にして、気は淑《よ》くして風和《やはら》ぐ。梅は鏡前《きやうぜん》の粉《こ》を披《ひら》き、蘭《らん》は珮後《はいご》の香《かう》を薫《かを》らす。加以《しかのみにあらず》、曙の嶺に雲は移り、松は羅《うすもの》を掛けて蓋《きぬがさ》を傾け　夕の岫《くき》に霧は結び、鳥は縠《うすもの》に封《こ》められて林に迷ふ。庭には新蝶舞ひ、空には故鴈《こがん》帰れり。於是《ここに》天を蓋にし、地を坐《しきゐ》にし、膝を促《ちかづ》けて觴《さかづき》を飛ばす。言《こと》を一室の裏《うち》に忘れ、衿《えり》を煙霞の外に開き、淡然として自ら放《ほしきまま》にし、快然《くわいぜん》として自ら足れり。若し翰苑《かんゑん》に非ざれば何を以ちてか情《こころ》を攄《の》べむ。詩は落梅の篇を紀《しる》す。古今《こきん》夫《そ》れ何ぞ異ならむや　宜《よろ》しく園梅《ゑんばい》を賦《ふ》して聊《いささ》かに短詠を成すべし。

会を催した。時は初春の正月で、あたりの気配は清々しく風は和らいでいる。梅は鏡の前の白粉を思わせて咲き、蘭は匂い袋の香のように薫っている。さらに明け方の光に浮かび上がった山の嶺に雲がかかり、嶺の松には霞がかかって、丁度きぬがさを差し掛けたようである。また夕方の山峡には霧が生じ、鳥はそのたな引く霧に包まれて林の中に鳴いている。庭には新たに来て舞う春蝶あれば、空には帰って行く去年の雁。この佳き時節、天をきぬがさにして大地を敷物として、膝を交え杯を交わしている。人は言葉も要らぬ程に春を楽しみ、襟くびを春霞の方にくつろげている。皆淡々として自在、愉しみの様はこの上ない。もし文筆でなければどんな方法で今の情感を表現できようか。漢詩には落梅を詠んだ詩篇を残している。昔と今となんの変わることがあろう。さあ庭の梅を詠んで、短歌を作ろうではないか。

5・八二二　我が園に梅の花散る久方《ひさかた》の天より雪の流

わたしのこの園に梅の花が散っている。それとも空

れ来るかも　　主人

員外《ゐんぐわい》　故郷を思《しの》へる歌両首

☆5・八四七　わが盛りいたく降《くた》ちぬ雲に飛ぶ薬食《は》むともまた変若《をち》めやも

☆5・八四八　雲に飛ぶ薬食《は》むよは都見ば卑しきわが身また変若《をち》ぬべし

後に追ひて梅歌に和《こた》へたる四首

☆5・八四九　残りたる雪にまじれる梅の花早くな散りそ雪は消《け》ぬとも

☆5・八五〇　雪の色を奪ひて咲ける梅の花いま盛りなり見む人もがも

☆5・八五一　わが宿に盛りに咲ける梅の花散るべくなりぬ見む人もがも

☆5・八五二　梅の花夢《いめ》に語らくみやびたる花と吾れ思ふ酒に浮かべこそ〈一に云はく、いたづらに我を散らすな酒に浮かべこそ〉

から雪が降ってくるのかしら。　旅人

番外、故郷を思う歌二首

わたしの年の盛りもすっかりと衰えたものだ。雲に乗って飛べるという仙人の薬を飲んだとしても、もう若返ることが出来はしまい。

雲に乗って飛べるという仙人の薬を飲むよりは、一目懐かしい都を見たその瞬間、この賤しい老いた身体も若返ることだろうが。

後に梅の花の歌に追和した四首

消え残っている雪に紛れて咲いている梅の花よ、散り急がないでくれ、雪は消えても。

雪の精を奪ってこの上なく白く咲いている梅の花は、今が盛りである。誰か一緒に見てくれる人はいないものか。

わたしの家の庭に、今を盛りに咲いていた梅の花が散りそうになってきた。誰か見に来て欲しいなあ。

梅の花が夢に現れて言うのです。わたしは風流な花ですよ、どうぞお酒に浮かべてくださいと〈或いは「空しくわたしを散らさないで酒に浮かべてください」ともいう〉。

☆

松浦河《まつらがわ》に遊ぶ序

余《われ》、暫《たまたま》に松浦の県《あがた》に往きて逍遥し、聊《いささ》かに玉嶋の潭《ふち》に臨《のぞ》みて遊覧せしに、忽《ゆくりなく》も魚を釣る女子《をとめ》等に値《あ》ひぬ。花のごとき容《かほ》雙《なら》びなく、光《て》れる儀《すがた》匹《たぐひ》なし。柳の葉を眉の中に開き、桃の花を頬の上に発《ひら》く。意気は雲を凌《しの》ぎ、風流は世に絶《すぐ》れたり。僕《われ》問ひて曰く、「誰が郷《さと》誰が家の児等ぞ。けだし神仙ならむか」と。娘ら皆咲《ゑ》みて答へて曰く「児等は漁夫《あま》の舎《いへ》の児、草庵の微《いや》しき者にて、郷もなく家もなし。何ぞ称《なの》り言ふに足らむ。唯《ただ》し性《さが》水に便《なら》ひ、復た、心山を楽しぶ。或は洛浦《らくほ》に臨《のぞ》みて徒《いたづ》らに玉魚《ぎよくぎよ》を羨しみ、乍《ある》は巫峡《ふかふ》に臥《ふ》

松浦河に遊ぶ序

私が、たまたま松浦の地に出掛けて散策し、玉島川の淵の近くを見惚れて歩いていた時であったが、突然に魚を釣っている娘子たちに出会った。その花のような容貌は並ぶものなく、輝くような容姿は較べるものがないもので、その眉は柳の葉のように形よく、その頬は桃の花のように艶やかであった。その気品は雲を凌ぐ程に高く、風流たるやこの世のものではなかった。私が「あなた方はどの里の子、誰の子。もしや仙女では」と問うと、娘子たちは皆笑い合っていたが、「わたしどもは漁師の家の子です。貧しい家の造りの者で里も家もありません。どうして名乗る程の者でしょう。ただ生まれた時から水に親しみ、また山を楽しんでいるのです。ある時は洛浦（玉島川）のほとりに来ては、美しい魚をただただ羨ましがり、また他の時は、巫峡（玉島峡）に横になったりして煙霞を眺めています。今思いがけずも高貴なお方にお遭いし感激して、心の内までも申し上げています。今から後は、どうして夫婦の契りを結ばないでおられましょう」と言うのだ。私も「はい、つつしんで承りましょう」と応じたのだった。そん

して空しく煙霞を望む。今邂逅《たまさか》に貴客《うまひと》に相遇《あ》ひ、感応に勝《あ》へずして、輙《すなは》ち欵《くわん》曲《きよく》を陳《の》ぶ。今より後、豈偕老《あにかいらう》にあらざるべけむや」と。下官《われ》対《こた》へて曰く、「唯々《をを》、敬みて芳命を奉《うけたま》はる」と。時に、日は山の西に落ち、驪馬《りば》去《い》なむとす。遂に懐抱《くわいほう》を申べ、因《よ》りて詠歌《うた》を贈りて曰く

☆5・八五三　漁《あさ》りする海人《あま》の子どもと人は言へど見るに知らえぬ貴人《うまひと》の子と

答へたる詩に曰く

☆5・八五四　玉島のこの川上に家はあれど君をやさしみあらはさずありき

蓬客《ほうかく》等更に贈れる歌三首

★5・八五五　松浦河川の瀬光り鮎《あゆ》釣ると立たせる妹が裳《も》の裾《すそ》濡れぬ

な時だったのだが、陽は西の方へ落ち、乗ってきた黒駒は帰りをせかせたんだ。そこで仕方なく心のうちを述べて歌を贈ったんだが、その歌に、

魚や貝をとる漁師の子供ですと、あなた方は言うけれど、見ただけで直ぐに分かります、いい家の娘さんだとね。

返事の詩（うた）にいうに、

玉島川のこの川上の方に家はありますが、あなたに恥ずかしくて隠していたのです。

いやしい旅の者、私がまた贈った歌三首

松浦河の川の瀬の光を受けて、鮎を釣ろうと立っていらっしゃるあなたの裳（スカート）の裾が濡れて美

しい。

★5・八五六　松浦なる玉島川に鮎釣ると立たせる子等が家路《いへぢ》知らずも

松浦の玉島川で、鮎を釣ろうとして立っていらっしゃる可愛い娘子たち、その家はいずこであるのやら。

★5・八五七　遠《とほ》つ人松浦の河に若鮎《わかゆ》釣る妹が手《た》もとをわれこそ枕《ま》かめ

松浦河で若鮎を釣っているかわいいあなたの手枕を、このわたしがしたいのだよ。

娘等《をとめ》更に報《こた》へたる歌三首

娘たちが更に返した歌三首

★5・八五八　若鮎釣る松浦の河の川波の並《なみ》にし思《も》はばわれ恋ひめやも

若鮎を釣るこの松浦河の川波ではないけど、並み程度にあなたを思っているのなら、どうしてこんなに恋い焦がれたりなんかしましょう。

★5・八五九　春されば吾家《わぎへ》の里の川門には鮎子《あゆこ》さ走《ばし》る君待ちがてに

春がこうしてやって来ると、わたしの里の河口には鮎っ子が走っています。あなたのお出でをお待ちして。

★5・八六〇　松浦河七瀬《ななせ》の淀《よど》はよどむともわれはよどまず君をし待たむ

松浦河の七瀬の淀は淀んだりしていますが、わたしは躊躇などせず、唯ただあなたのお出でを待ちますわ。

後《のち》人の追ひて和《こた》へたる詩《うた》三首　帥老《そちのおきな》

後に人が追って唱和した歌三首　大伴旅人

☆5・八六一　松浦河川の瀬早みくれないの裳《も》の裾《すそ》濡れて鮎か釣るらむ

松浦河の川の瀬が速いから、着物の赤い裳の裾を濡らして鮎を釣っているのだろう。

★5・八六二　人皆《ひとみな》の見らむ松浦の玉島を見ずてやわれ

誰もが見るというあの松浦の玉島を、私は見ないで

は恋ひつつをらむ

思い続けるだけになるのだろうか。

★5・八六三　松浦河玉島の浦に若鮎《わかゆ》釣る妹《いも》らを見らむ人の羨《とも》しさ

松浦河の玉島の浦で、若鮎を釣る娘子と出会える人がなんとも羨ましい。

☆　大伴の佐提比古《さでひこ》の郎子《いらつこ》、特《ひと》り朝命《てうめい》を被《かがふ》り、使を藩国《はんこく》に奉《うけたまは》る。艤棹《ふなよそひ》して言《ここ》に帰《ゆ》き、稍《やや》に蒼波《さうは》に赴く。妾《をみな》松浦（佐《さ》用嬪面《よひめ》）、この別れの易きことを嗟《なげ》き、その会ひの難《かた》きことを歎《なげ》く。即ち高山の嶺《みね》に登りて、遙かに離れ去《ゆ》く船を望む。悵然《ちやうぜん》に肝《きも》を絶ち、黯然《あんぜん》に魂《たま》を銷《け》す。遂に領巾《ひれ》を脱《ぬ》ぎて麾《ふ》る。傍《かたはら》の者涕《なみだ》を流さずといふこと莫《な》し。因《よ》りて此の山を号《なづ》けて領巾麾《ひれふり》の嶺《みね》と曰ふ。乃《すなは》ち歌を作りて曰く

大伴佐提比古の郎子は、特に天皇の御命令を受けて、藩国（任那《みまな》）に使いに遣わされた。船は船出の用意を整えて出帆し、次第に青海原へと差しかかった。佐提比古のその地での妻であった松浦の佐用姫は、別離とはこんなにもた易いものかと、またその再会の望み難いのを嘆き、直ぐに高い山の頂きに登って、遥かに遠ざかりゆく船を見た。その悲しみたるや正に肝を断つで、彼女は遂に領巾を脱いで振った。それを見る者で涙を流さない者がいたであろうか。こういう訳で、この山の名を領巾振りの嶺と言うのである。そこでこの歌を作って曰うことには、

☆5・八七一　遠つ人松浦佐用媛《まつらさよひめ》つま恋に領巾《ひれ》振りしよ

遠い人を待つではないが松浦佐用姫が、夫を恋い慕

り負《お》へる山の名

後人《のち》の追ひて和《こた》へたる

★5・八七二　山の名と言い継げとかも佐用姫《さよひめ》がこの山の上《へ》に領巾《ひれ》を振りけむ

最後人《いとのち》の追ひて和《こた》へたる

★5・八七三　万代《よろづよ》に語り継げとしこの岳《たけ》に領巾《ひれ》振りけらし松浦佐用姫

最々後人《いといとのち》の追ひて和《こた》へたる二首

★5・八七四　海原の沖行く船を帰れとか領巾《ひれ》振らしけむ松浦佐用比賣

★5・八七五　行く船を振り留《とど》みかね如何《いか》ばかり恋ほしくありけむ松浦佐用比賣

帥大伴卿の和《こた》へたる歌一首

6・九五六　やすみししわご大王《おほきみ》の食国《をすくに》は大和もここ

って領巾を振った時から名付けられた山の名であるよ。

後に人が追和した（歌）

山の名前として語り伝えよというのだろうよ、佐用姫がこの山の上で領巾を振ったのは。

更に後に人が追って唱和した（歌）

いつまでも語り伝えよと、この山で領巾振ったに違いない、松浦佐用姫は。

更に更に後に人が追って唱和した二首

海原の沖の方へと行く船なのに、帰れと領巾をお振りになったのだろう、松浦作用姫は。

沖へ去る船を振り留めることができないで、どれ程にか狂おしく思ったことであろう、松浦佐用姫は。

大宰府長官大伴卿が唱和した歌一首

あます所なくわが天皇さまが支配なさる国は、奈良

も同《おや》じとぞ思ふ

の都もここ九州も同じと思います。

冬十一月、大宰の官人《くわんにん》等が香椎《かしひ》の廟《べう》を拝《をろが》み奉《まつ》り訖《をは》りて、退《まか》り帰る時に馬を香椎の浦に駐《とど》めて、各《おのおの》懐《おもひ》を述べて作る歌

冬の十一月、大宰府の役人たちが香椎宮へお参りし、それが終わって帰路につく途中で、馬を香椎の浦に止めて、それぞれその時の思いを述べた歌。

帥大伴卿の歌一首

大宰府長官大伴卿の歌一首

6・九五七　いざ子ども香椎の潟《かた》に白妙《しろたへ》の袖さへ濡れて朝菜《あさな》摘みてむ

さあみんなよ、香椎潟に行って、袖まで濡らして（常世から寄せられた）海草を採ろうよ。

帥大伴卿の遙《はる》かに芳野《よしの》の離宮《とつみや》を思ひて作る歌

大宰府長官大伴卿が吉野の離宮を遙《はる》かに思って作った歌

6・九六〇　隼人《はやひと》の瀬戸の巌《いはほ》も年魚《あゆ》走る吉野の滝になほ及《し》かずけり

隼人の瀬戸の神秘的な巨巌も、鮎の走っている吉野の激流にはやはり及ばないことだ。

帥大伴卿の次田《すきた》の温泉《ゆ》に宿《やど》りて鶴《たづ》が音《ね》を

帥大伴卿が次田温泉（福岡県二日市温泉）に泊まった

聞きて作る歌一首

6・九六一　湯の原に鳴く葦鶴《あしたづ》はわがごとく妹《いも》に恋ふれか時分かず鳴く

大納言大伴卿の和《こた》へたる歌二首

6・九六七　大和路の吉備《きび》の児島を過ぎて行かば筑紫《つくし》の児島思ほえむかも

6・九六八　大夫《ますらを》と思へるわれやみづくきの水城《みづき》の上に涙のごはむ

三年辛未《しんび》、大納言大伴卿の寧楽《なら》の家に在りて故郷を思《しの》ふ歌二首

6・九六九　しましくも行きて見てしか神奈備《かむなび》の淵は浅《あ》せにて瀬にか成るらむ

6・九七〇　指進《さしすみ》の栗栖《くるす》の小野の萩の花散らむ時にし行きて手向《たむ》けむ

時、鶴の鳴き声を聞いて作った歌一首

湯の原で鳴いている鶴は、私のように妻を恋しがっているからであろうか、時など関係なくずっと鳴いている。

大納言大伴卿が唱和した歌二首

大和への途中で、吉備の児島を通って行ったならば、筑紫の児島（あなた）のことが思い出されるだろうよ。

自分を立派な男だと思っていた自分だったが、この水城の場でやはり涙ぐんでしまったことだ。

天平三年（七三一）、大納言大伴卿が、奈良の家で飛鳥の故郷を思っての歌二首

少しの間でも行って見たいものだ。飛鳥の神奈備山のそばの川の淵は今は浅くなって、瀬になってしまっているかもしれない。

栗栖の小野の萩の花が散る頃になれば、飛鳥へ出掛けて行って神奈備の神に手向けをしよう。

大宰帥大伴卿の和《こた》へたる歌一首

8・一四七三　橘の花散る里の霍公鳥《ほととぎす》片恋しつつ鳴く日しぞ多き

大宰府長官大伴卿が唱和した歌一首

橘の散る里で鳴く時鳥、そのように私も独り悲しい思いが続いて泣く日が多いことです。

大宰帥大伴卿の歌二首

8・一五四一　わが丘にさ雄鹿《をしか》来鳴く初萩の花妻問ひに来鳴くさ雄鹿

大宰府長官大伴卿の歌二首

自分が住んでいる丘に、雄鹿が来て鳴くことだ。早咲きの萩の花を妻問いして、もう来て鳴く雄鹿よ。

8・一五四二　わが丘の秋萩の花風を痛み散るべくなりぬ見む人もがも

私が住んでいる丘の秋萩の花は、秋風がひどいのでもう散りそうになってしまった、早く見にきてくれる人がいればいいが。

大宰帥大伴卿の冬の日に雪を見て京《みやこ》を憶《おも》ふ歌一首

8・一六三九　淡雪《あわゆき》のほどろほどろに降りしけば平城《なら》の京《みやこ》し念《おも》ほゆるかも

大宰府長官大伴卿が、冬の日に雪を見て、奈良の都を思って詠んだ歌一首

あわ雪がはらはらと降って一面が雪景色になると奈良の京のことが偲ばれてならない。

大宰帥大伴卿の梅の歌一首

大宰府長官大伴卿が梅を詠んだ歌一首

8・一六四〇　わが丘に盛りに咲ける梅の花残れる雪を
まがへつるかも

私が住んでいる丘に、今が盛りに咲いている梅の花。消え残っている雪までも花かと見間違えてしまったことだ。

大伴旅人歌　索引

※秀歌鑑賞及び大伴旅人全歌集の初二句（あるいは三句）を示す。
※配列は歴史的かなづかいによる。
※＊は長歌を示す。

【あ】

【か】

【さ】

【た】

執筆者紹介　※収録順

平山城児（ひらやま・じょうじ）
一九三一年生まれ。立教大学文学部卒業、同大学院博士課程満期退学。立教大学教授、大正大学教授等を経て、立教大学名誉教授。著書に『大伴旅人逍遥』『鷗外「奈良五十首」を読む』など。

原田貞義（はらだ・さだよし）
一九三九年生まれ。北海道大学文学部卒業、同大学院修士課程修了。東京大学研究員、岩手大学教授等を経て、東北大学名誉教授。著書に『読み歌の成立』『万葉集の編纂資料と成立の研究』など。

中西　進（なかにし・すすむ）　奥付に記載

林田正男（はやしだ・まさを）

一九三三年生まれ。大東文化大学文学部卒業、文学博士（九州大学）。九州大谷短期大学教授等を経て、九州産業大学名誉教授。著書に『万葉集と神仙思想』、編著に『筑紫万葉の世界』など。二〇〇〇年逝去。

河野裕子（かわの・ゆうこ）

一九四六年生まれ。歌人。京都女子大学文学部卒業。現代歌人協会賞、若山牧水賞、紫式部文学賞、斎藤茂吉短歌文学賞、迢空賞等を受賞。歌集に『体力』『歩く』『母系』『蟬声』など。二〇一〇年逝去。

大久保廣行（おおくぼ・ひろゆき）

一九三六年生まれ。東京教育大学文学部卒業、同大学院修士課程修了。都留文科大学教授、東洋大学教授を経て、都留文科大学名誉教授。著書に『大伴旅人　筑紫文学圏』『高橋虫麻呂の万葉世界』など。

伊藤一彦（いとう・かずひこ）

一九四三年生まれ。歌人。早稲田大学第一文学部卒業。現代歌人協会常任理事、宮崎県立図書館名誉館長。読売文学賞、迢空賞、毎日芸術賞、詩歌文学館賞等を受賞。歌集に『光の庭』、評論に『若山牧水』など。

西澤一光（にしざわ・かずみつ）

一九五八年生まれ。東京大学文学部卒業、同大学院博士課程満期退学。聖心女子大学講師、青山学院女子短期大学助教授等を経て、新潟経営大学准教授。論考に「『万葉集』と無常」（『生の万葉』）など。

江口　洌（えぐち・きよし）

一九三八年生まれ。國學院大学文学部卒業、同大学院修士課程修了。スタンフォード大学講師等を経て、千葉商科大学名誉教授。著書に『大伴家持研究』『伊勢神宮の源流を探る』など。二〇一七年逝去。

切りとり線

★読者のみなさまにお願い

この本をお読みになって、どんな感想をお持ちでしょうか。祥伝社のホームページから書評をお送りいただけたら、ありがたく存じます。今後の企画の参考にさせていただきます。また、次ページの原稿用紙を切り取り、左記まで郵送していただいても結構です。

お寄せいただいた書評は、ご了解のうえ新聞・雑誌などを通じて紹介させていただくこともあります。採用の場合は、特製図書カードを差しあげます。

なお、ご記入いただいたお名前、ご住所、ご連絡先等は、書評紹介の事前了解、謝礼のお届け以外の目的で利用することはありません。また、それらの情報を6カ月を越えて保管することもありません。

〒101-8701（お手紙は郵便番号だけで届きます）
祥伝社新書編集部
電話03（3265）2310
祥伝社ホームページ　http://www.shodensha.co.jp/bookreview/

★本書の購入動機（新聞名か雑誌名、あるいは○をつけてください）

＿＿＿新聞の広告を見て	＿＿＿誌の広告を見て	＿＿＿新聞の書評を見て	＿＿＿誌の書評を見て	書店で見かけて	知人のすすめで

★100字書評……大伴旅人——人と作品

名前

住所

年齢

職業

中西 進　なかにし・すすむ

国文学者。1929年、東京都生まれ。東京大学文学部卒業、同大学院博士課程修了、文学博士。筑波大学教授、大阪女子大学学長、京都市立芸術大学学長等を歴任。現在、高志の国文学館館長、国際日本文化研究センター名誉教授、大阪女子大学名誉教授、京都市立芸術大学名誉教授。1994年に宮中歌会始召人。2005年に瑞宝重光章、2013年に文化勲章を受章。著書に『万葉集の比較文学的研究』(読売文学賞、日本学士院賞)、『万葉と海彼』(和辻哲郎文化賞)、『源氏物語と白楽天』(大佛次郎賞)、『中西進の万葉みらい塾』(菊池寛賞) など。

大伴旅人《おおとものたびと》――人《ひと》と作品《さくひん》

中西《なかにし》 進《すすむ》／編

2019年9月10日　初版第1刷発行

発行者……………辻 浩明
発行所……………祥伝社しょうでんしゃ
〒101-8701　東京都千代田区神田神保町3-3
電話　03(3265)2081(販売部)
電話　03(3265)2310(編集部)
電話　03(3265)3622(業務部)
ホームページ　http://www.shodensha.co.jp/

装丁者……………盛川和洋
印刷所……………堀内印刷
製本所……………ナショナル製本

Printed in Japan　ISBN978-4-396-11580-7　C0292

〈祥伝社新書〉
古代史

316
古代道路の謎
奈良時代の巨大国家プロジェクト

巨大な道路はなぜ造られ、廃絶したのか？ 文化庁文化財調査官が解き明かす

文化庁文化財調査官
近《おお》江《み》俊《とし》秀《ひで》

423
天皇はいつから天皇になったか？

天皇につけられた鳥の名前、天皇家の太陽神信仰など、古代天皇の本質に迫る

元・龍谷大学教授
平林章《あき》仁《ひと》

326
謎の古代豪族 葛《かつら》城《ぎ》氏

天皇家と並んだ大豪族は、なぜ歴史の闇に消えたのか？

平林章仁

513
蘇我氏と馬《うま》飼《かい》集団の謎

「馬」で解き明かす、巨大豪族の正体。その知られざる一面に光をあてる

平林章仁

510
渡来氏族の謎

秦《はた》氏、東漢《やまとのあや》氏、西文《かわちのふみ》氏、難波《なにわの》吉《き》士《し》氏など、厚いヴェールに覆《おお》われた実像を追う

歴史学者
加藤謙吉

〈祥伝社新書〉
古代史

370
神社が語る古代12氏族の正体
神社がわかれば、古代史の謎が解ける！
歴史作家 関 裕二

415
信濃が語る古代氏族と天皇
日本の古代史の真相を解くカギが信濃にあった。善光寺と諏訪大社の謎
関 裕二

469
天皇諡号《しごう》が語る古代史の真相
天皇の死後に贈られた名・諡号から、神武《じんむ》天皇から聖武《しょうむ》天皇に至る通史を復元
関 裕二 監修

456
古代倭王の正体
海を越えてきた覇者たちの興亡
古代史研究家 小林惠子《やすこ》

邪馬台国《やまたいこく》の実態、そして倭国の実像と興亡を明らかにする

535
古代史から読み解く「日本」のかたち
国際日本文化研究センター教授 倉本一宏
天孫降臨神話の謎、邪馬台国はどこにあったのか、持統天皇行幸の謎ほか
マンガ家 里中満智子